Carol Marinelli
Una mujer valiente

HARLEQUIN™

Editado por HARLEQUIN IBÉRICA, S.A.
Núñez de Balboa, 56
28001 Madrid

© 2014 Carol Marinelli
© 2014 Harlequin Ibérica, S.A.
Una mujer valiente, n.º 2327 - 13.8.14
Título original: The Only Woman to Defy Him
Publicada originalmente por Mills & Boon®, Ltd., Londres.

I.S.B.N.: 978-84-687-4484-1
Depósito legal: M-14912-2014
Editor responsable: Luis Pugni
Impresión en Black print CPI (Barcelona)
Fecha impresion para Argentina: 9.2.15
Distribuidor exclusivo para España: LOGISTA
Distribuidor para México: CODIPLYRSA
Distribuidores para Argentina: interior, BERTRAN, S.A.C. Vélez
Sársfield, 1950. Cap. Fed./ Buenos Aires y Gran Buenos Aires,
VACCARO SÁNCHEZ y Cía, S.A.

Prólogo

ESE día no.

Demyan Zukov miró por la ventanilla de su jet privado mientras iniciaba el descenso hacia Sídney, Australia.

Era una vista magnífica, y él era dueño de parte de los rascacielos. Sus ojos oscuros localizaron el ático en el que vivía y, después, se fijaron en las numerosas ensenadas de la costa. El agua era de un sorprendente azul oscuro y estaba llena de barcos, *ferries* y yates que se abrían paso hasta el puerto dejando una estela blanca tras ellos.

Esa vista siempre lo entusiasmaba y emocionaba. Siempre había la posibilidad de pasárselo bien en cuanto el avión aterrizara.

Pero ese día no.

Demyan recordó su primer viaje a Australia. Lo había hecho con mucho menos estilo y, desde luego, la prensa no lo esperaba para darle la bienvenida. Entonces era un desconocido, aunque dispuesto a dejar huella. Tenía trece años cuando se marchó para siempre de Rusia.

Había llegado en un avión comercial, en clase turista, con su tía Katia. Y había mirado por la ventanilla para contemplar la tierra que lo esperaba. Katia le habló de la granja en la montaña que pronto sería su hogar.

La educación de Demyan había sido brutal. No había conocido a su padre, y su madre, soltera, se había visto atrapada en una espiral de pobreza y alcohol, y en ella se gastaba el escaso apoyo que recibía del Gobierno.

A los cinco años, Demyan tuvo que hacerse responsable de mantenerlos a ambos. Había trabajado muy duro, y no solo en la escuela. Por las tardes y los fines de semana, acompañado de Mikael, un chico de la calle, limpiaba los parabrisas de los coches detenidos en los semáforos y pedía limosna a los turistas.

Si era necesario, escarbaba en la basura de los restaurantes y hoteles. Y así, todas las noches podían cenar madre e hijo. Al final de su vida, su madre había dejado de preocuparse por la comida y solo exigía vodka y más vodka mientras se volvía cada vez más paranoica y supersticiosa.

Cuando murió, Demyan creyó que viviría en la calle con Mikael, pero Katia, la hermana de su madre, había llegado a Rusia desde Australia, donde vivía, para el entierro de Annika.

Katia se quedó horrorizada al saber cómo habían vivido su hermana y su sobrino, ya que Annika siempre le decía en las cartas y las llamadas telefónicas que les iba bien. Miró detenidamente a su escuálido sobrino, cuyo cabello negro y ojos grises contrastaban con su pálida piel. Y aunque no lloraba, su rostro expresaba confusión, recelo y pena.

Al entierro de Annika solo acudieron tía y sobrino. El sombrío oficio religioso tuvo lugar muy lejos de cualquier iglesia, y a Demyan le pareció oír los gritos de protesta de su madre mientras el féretro descendía en tierra no consagrada.

—¿Por qué no me dijo Annika lo mal que estaban

las cosas? –preguntó Katia a su sobrino mientras se alejaban de la tumba.

–Era muy orgullosa –respondió él girándose para mirar la tumba.

Sí, Annika Zukov había sido muy orgullosa para pedir ayuda, pero muy débil para cambiar en su propio beneficio o en el de su hijo, pensó Demyan con amargura.

–Las cosas mejoraran ahora –afirmó Katia mientras le pasaba el brazo por los hombros, pero el niño se echó a un lado.

Volaron desde un frío San Petersburgo al verano australiano. Durante el viaje, Demyan, huraño y sufriendo en silencio, solo se animó al contemplar por la ventanilla la belleza majestuosa de la tierra a la que llegaban. Había oído que Sídney tenía uno de los puertos más bonitos del mundo.

Y era cierto.

Por primera vez en mucho tiempo, lo que le habían dicho era verdad.

Era como ver el sol por primera vez. Te hacía daño y te cegaba, pero no podías evitar volver a mirarlo.

El corazón de Demyan seguía siendo de hielo, tan frío y oscuro como la tierra en la que yacía su madre, pero al acercarse a su nuevo hogar, al ver por primera vez la Opera House y el Harbour Bridge, se juró que nunca volvería a Rusia y que aprovecharía cada oportunidad que se le presentara a partir de aquel nuevo comienzo.

Y Demyan había aprovechado todas las oportunidades.

Todas y cada una.

Pronto aprendió a hablar inglés, aunque con un fuerte acento ruso, pero con muy buenas calificaciones, que siguieron siendo buenas al entrar en la universidad. El estudio siempre había sido su prioridad, pero, cuando acababa el trabajo del día, se dedicaba a divertirse.

Pocas mujeres se resistían a su aspecto inquietante y a la ocasional recompensa que suponía verle sonreír. El sexo siempre tenía lugar en los términos que dictaba él. No se entretenía en besarlas, pero su falta de afecto la compensaba con una buena técnica, aunque pronto se aburría y cambiaba de pareja.

Con Nadia tuvo una corta aventura.

Al ser una compatriota, le resultó agradable volver a hablar en su propia lengua. El cerebro se le fatigaba después de media hora haciéndolo en inglés.

Fue una sola noche, pero tuvo consecuencias: a los diecinueve años, Demyan supo lo que era ser padre.

Dejó de estudiar y se puso a trabajar. Pronto comenzaron a rifárselo diversas empresas, pero él se negó a comprometerse solo con una. No había podido controlar la vida de su madre, pero controlaba la suya completamente.

A los veintiún años, ya se había divorciado de Nadia, pero no consideró su breve matrimonio un fracaso porque Roman, su hijo, era su mejor logro.

Lo había sido.

Cuando las ruedas del jet tocaron tierra, Demyan cerró los ojos y trató de olvidarse de la terrible revelación de Nadia, pero volvió a abrirlos. Estaba en Sídney para enfrentarse a la situación.

Iba a ser una visita difícil. Los medios de comunicación se habían enterado de que Nadia iba a casarse con Vladimir y de que se llevaría a Roman, que tenía catorce años, a vivir a Rusia.

La familia Zukov era el equivalente a la realeza en

Australia, por lo que los medios acosaban a crueles preguntas a Demyan, que él se negaba a contestar.

Pasó la aduana y trató de protegerse de los periodistas que lo esperaban.

Y tal vez hubiera sido mejor que estos se protegieran de él, porque, si una cámara más se interponía en su camino, en el estado de ánimo en el que se hallaba, iba a haber una exclusiva en la última edición del telediario. Ni siquiera se dignó a contestar «sin comentarios» a las preguntas sobre Nadia y Roman.

No tenía ganas de hablar con los medios cuando ni siquiera había podido hacerlo con Roman.

¿Cómo iba a decirle que cabía la posibilidad de que no fuera hijo suyo?

–*Dobryy den*, Demyan –Boris, su chófer, le dio las buenas tardes cuando este se montó en el coche.

Mientras se dirigían a su casa, Demyan llamó por teléfono a Roman, pero siguió sin obtener respuesta.

Finalmente, y contra su voluntad, llamó a Nadia.

–Quiero hablar con Roman.

–Se ha marchado unos días con unos amigos –afirmó Nadia–. Quería estar con ellos antes de que nos fuéramos a Rusia.

–Deja de jugar, Nadia. Soy yo quien quiere estar con él antes de que se marche. Estoy aquí, en Sídney. Dime dónde está.

–¿Por qué no nos vemos y hablamos? Puedo ir a tu casa y...

Nadia bajó la voz, y Demyan sonrió sin alegría. Si ella supiera lo frío que lo dejaban sus intentos de seducirlo, se los ahorraría. Menos de un mes antes de la boda de ella, no le producía placer alguno que estuviera dispuesta a traicionar a Vladimir.

–No tenemos nada de que hablar.

–Demyan...

Este finalizó la llamada porque, de no haberlo hecho, le hubiera dicho a Nadia lo que pensaba de ella.

–Llévame a un hotel –le dijo al chófer, ya que se veía incapaz de ir a su casa.

Ya no era su hogar.

–¿A cuál prefieres?

–¿Cuándo se inaugura el nuevo casino?

–La semana que viene –contestó Boris reprimiendo una sonrisa. ¡Demyan había vuelto!–. Supongo que estarás invitado.

–Por supuesto –replicó Demyan, molesto porque le habría gustado ir al nuevo complejo de hotel y casino–. Busca un hotel que tenga libre la suite presidencial durante toda mi estancia en la ciudad. Probablemente me quedaré un mes.

Mariana, su secretaria, estaba en Estados Unidos y atendería cualquier encargo de su jefe. Boris hizo unas cuantas llamadas y, poco después, el coche se detuvo frente a un lujoso hotel.

El personal se esforzó al máximo para atender la inesperada llegada de su huésped más prestigioso.

La suite estaba libre y preparada para recibirlo. Sin embargo, que fuera Demyan Zukov quien llegaba, hizo que veinticuatro plantas más arriba un buen puñado de trabajadores se dedicara a toda velocidad a comprobar que todo estaba perfecto para recibirlo.

Al entrar, Demyan apenas miró a su alrededor.

Los hoteles, por lujosos que fueran, se parecían mucho.

–¿Le apetece tomar algo de beber? –le preguntó el mayordomo.

–Quiero estar solo.

–¿Le gustaría...?

–He dicho que quiero estar solo. Llamaré si necesito algo.

Cuando la puerta se cerró, Demyan se quedó solo por primera vez desde que Nadia le había dado la noticia.

Se tomó unos segundos para asimilarla. Se había negado a aceptar la posibilidad de que Roman no fuese su hijo, desde luego. Tenía que serlo. Lo había abrazado en el momento de nacer, lo había mirado a los ojos y lo había querido desde ese instante. Nunca había dudado que fuese hijo suyo.

Había tratado de olvidar lo que Nadia le había dicho con alcohol y mujeres.

Casi lo había conseguido.

Al personal del hotel, a pesar de sus esfuerzos, se le había pasado un detalle por alto. Mientras Demyan hojeaba los periódicos vio una revista con Vladimir y él en la portada y el siguiente titular: *¿A quién elegiría usted?*

Demyan pensó con amargura que inducía a error, ya que Nadia no podía elegir entre los dos porque él no volvería a aceptarla incuso aunque ella albergara la fantasía de que volvieran a ser una familia.

Pero a la prensa sensacionalista le encantaban aquellos jueguecitos. Demyan pasó las páginas hasta llegar al artículo en cuestión.

Allí estaba Vladimir, cincuenta y pocos años, muy rico y con buena reputación. Lo único que le faltaba en la vida era un hijo.

Y allí estaba él.

Treinta y tres años, con una fortuna ante la que Vladimir, en comparación, era pobre de solemnidad, y una apariencia en la que era indudable que aventajaba a Vladimir.

¿Cuál era la parte negativa?

Demyan no tenía que pasar la página para saberlo, pero lo hizo. Era cierto: era un playboy que se dedicaba a recorrer el mundo alojándose en hoteles, preferiblemente con casino. Y también era cierto que, a veces, desaparecía en su yate con una colección de rubias.

Demyan trabajaba mucho y se divertía más.

¿Por qué no si era soltero?

Siguió leyendo y tuvo que reconocer que, por una vez, la prensa había jugado limpio.

En efecto, tenía una escandalosa reputación, pero se veía compensada por su enorme éxito, porque nadie podía poner en duda que adoraba a su hijo y porque sus excesos siempre tenían lugar fuera de Australia.

El artículo se preguntaba por qué no se había enfrentado a Nadia.

¿Por qué dejaba que se llevara a su hijo a Rusia sin luchar por él? Si Demyan Zukov se proponía una cosa, la conseguía. Entonces, ¿por qué no pedía a un tribunal de justicia que su hijo, nacido en Australia, se quedara allí?

Demyan continuó leyendo, y se le hizo un nudo en el estómago al pensar que Roman estaría leyendo lo mismo.

El artículo era implacable. Tal vez a Demyan no le importara su hijo, tal vez la buena relación padre-hijo hubiera sido una pose ante las cámaras. ¿Había una señora Zukov entre bastidores?

Pobre de ella si la había, afirmaba el artículo.

¿Estaría cansado Demyan de sus frecuentes viajes a Sídney y encantado de que Nadia se ocupara ella sola de su hijo?

Se sirvió una copa, dio un trago y se acercó a la

ventana. Desde allí veía su casa, donde había pasado muchas noches escuchando tocar al grupo que formaban su hijo y sus amigos. Allí, en la piscina de la azotea, había enseñado a Roman a nadar.

Dejó de mirar y, lleno de ira, tiró el vaso.

No soportaba poner los pies allí. Quería venderla. También tendría que vender la granja que había sido su primer hogar en Australia, ya que, si Roman se iba a Rusia, no habría motivo alguno que lo retuviera allí ni motivo alguno para volver.

Demyan pensó en pedir a su secretaria que se reuniera con él para que se encargara de todo, pero decidió que no lo haría, a pesar de que le gustaba su profesionalidad en la cama. A fin de cuentas, no se trataba de negocios, sino de algo personal. Si iba a ser su último viaje a Sídney, tendría que ocuparse de muchas cosas que le iban a doler.

Descolgó el teléfono.

—Necesito una secretaria durante un par de semanas, tal vez un mes. Alguien discreto y que entienda de inmuebles.

—Por supuesto. ¿Para cuándo la...?

Demyan lo interrumpió.

—Para mañana a las ocho de la mañana.

Al día siguiente, comenzaría a enfrentarse a lo que lo esperaba.

Empezaría a desmantelar su vida allí y la dejaría atrás para siempre.

Ya nada lo retenía en aquella ciudad.

Se sirvió otra copa.

¿Qué iba a hacer ese miércoles por la noche? Decidió ir al casino. Se emborracharía y, por una vez, haría honor a su reputación en Sídney.

Rubia, pensó mientras bebía.

No, morena; o, tal vez, pelirroja.

¿Por qué no las tres?

Esa noche, se iría de juerga como si el mañana no existiera.

Volvió a mirar por la ventana y contemplo la vista que en otro tiempo lo calmaba.

Ese día no.

Capítulo 1

¿POR qué había mentido?

Alina Ritchie suspiró, nerviosa, mientras el taxi se aproximaba a un hotel increíblemente lujoso.

Sacó el espejo del bolso por quinta vez desde que el taxi la había recogido en el piso que compartía con Cathy, comprobó su aspecto y volvió a desear que, si poseía el gen de la elegancia, se manifestara ese día.

Hasta aquel momento, no lo había hecho.

Se había puesto su único par de medias y, afortunadamente, no se le había hecho ninguna carrera. El maquillaje casi había desaparecido y, durante el corto paseo hasta el taxi, el aire húmedo del final del verano había comenzado a rizarle el pelo. Trató de alisárselo con las manos.

Ese día, las cosas tenían que salirle bien.

Era la oportunidad que llevaba esperando desde hacía tiempo.

Resuelta a forjarse una carrera segura, y con el consejo, amargo pero sabio, de su madre en mente, había dejado de lado su interés por el arte y se había inclinado por ser secretaria.

Al ver que, en el último momento, vacilaba, su madre le había preguntado cuántos artistas había que no conseguían vivir de su arte. Lo único que Alina deseaba era pintar, pero su repertorio de temas no era muy amplio.

Pintaba flores.

¡Montones de flores! En lienzo, en seda, en papel y en su mente.

–Necesitas un trabajo decente –le había aconsejado Amanda Ritchie–. Todas las mujeres deberían ganar un sueldo. No puedo mantenerte, Alina, y espero haberte educado para no depender de un hombre.

El hecho de que Amanda estuviera a punto de perder su granja de flores acabó por decidir a Alina a entrar en el mundo empresarial, pero también había muchas secretarias luchando por abrirse camino, y Alina era una de ellas.

Su naturaleza introvertida y, a veces, soñadora no encajaba en el activo mundo de la empresa.

Su fuente principal de ingresos era un restaurante en el que servía mesas cuatro o cinco noches a la semana. La noche anterior, justo cuando iba a salir para el trabajo, la habían llamado de una selecta agencia de empleo donde se había inscrito unos meses antes. Sus redondeadas curvas no encajaban en el patrón habitual, por lo que rara vez la llamaban.

¡Salvo cuando estaban desesperados!

Se quedó sorprendida ante lo que le ofrecieron. Habían llamado de un hotel porque necesitaban urgentemente una secretaria para un importante huésped. Las candidatas preferidas por la agencia no estaban disponibles debido a la poca antelación con que se había producido el aviso y a que no estaba claro el tiempo que se necesitarían sus servicios: un par de semanas, probablemente un mes. Por eso habían llamado a Alina.

–En tu currículum pone que has trabajado con inmuebles y propiedades –había afirmado Elizabeth, la entrevistadora de la agencia.

–Así es.

Alina no había mentido del todo.

Simplemente, no había especificado que su única experiencia había sido ayudar a su madre a vender la granja, antes de que el banco se la embargara. Después, Elisabeth le dijo que el cliente para el que trabajaría sería Demyan Zukov.

–Supongo que sabes quién es.

Nadie lo ignoraba. A veces, comía en el restaurante en el que trabajaba Alina, aunque sus caminos no se habían cruzado. La última vez que había estado allí, ella estaba en casa, enferma de anginas, y a su vuelta todo el personal hablaba del famoso cliente.

Alina estuvo a punto de confesar a la entrevistadora que el trabajo le venía grande, pero le resultó imposible dejar pasar la oportunidad de que Demyan figurara en su currículum.

La agencia se encargó de que la firma del contrato se hiciera a toda prisa.

–Todos nuestros clientes son importantes, pero supongo que no tengo que decirte lo importante que es este.

–Claro que no.

Elisabeth estaba demasiado preocupada para ser sutil.

–¿Estás segura de que podrá hacerlo?

–Totalmente.

A pesar de la aparente seguridad de Alina, Elisabeth no pareció muy convencida.

«Podrás hacerlo», se dijo Alina al bajar del taxi y detenerse unos segundos frente al hotel para tranquilizarse.

Sí, ese día todo iría bien, porque si no era así...

Alina respiró hondo y se hizo una promesa.

Si aquello no salía bien, dejaría de intentar sobrevivir como secretaria y reconocería que no estaba hecha para ese trabajo.

Al sentir que le oprimía la falda pensó en que debiera haber continuado con la dieta.

Era el problema de trabajar en un excelente restaurante. El dueño era buena persona y permitía que todo el personal comiera algo del suntuoso menú.

¿Quién podía negarse?

Ella no.

En el fondo, era una chica de campo con buen apetito, aunque ese día debería desempeñar el papel de una eficiente secretaria de ciudad, a la que nada perturbaba.

Ni siquiera Demyan Zukov.

El labio superior comenzó a sudarle cuando se presentó en la recepción del hotel y le pidieron el carné de identidad. El recepcionista le dio una tarjeta para el ascensor que la llevaría a la suite presidencial.

Mientras subía se mareó. Y se sintió aún peor cuando las puertas se abrieron al llegar a su destino y una hermosa mujer, de hermoso pelo negro y con el rímel corrido, entró en el ascensor mientras ella salía.

Alina pensó que sería la que había pasado la noche con Demyan.

Leía muchas revistas del corazón, por lo que conocía perfectamente su decadente estilo de vida.

¡O eso creía!

Mientras recorría el pasillo, una mujer rubia y llorosa se cruzó con ella. Aunque Alina desvió la mirada inmediatamente, pudo ver que tenía un seno desnudo.

Estuvo a punto de dar la vuelta y salir corriendo.

Se dijo que debía comportarse como si ya lo hubiera visto todo.

Al ir a llamar al timbre de la suite, la puerta se

abrió y Alina tragó saliva mientras se preparaba para enfrentarse con el legendario Demyan Zukov. Pero quien apareció fue una bella pelirroja que apenas la miro al salir.

Alina estaba acostumbrada a pasar desapercibida. Era una persona anodina, en opinión de Elisabeth, que había añadido que a veces era una ventaja porque algunos clientes pedían mujeres anodinas para no despertar los celos de sus esposas.

–¡Hola! –llamó a la puerta abierta y esperó. Al no obtener respuesta, no supo si entrar o no. Tenía que llegar a las ocho.

Y faltaban dos minutos.

Volvió a llamar.

–Soy Alina Ritchie, de la agencia.

Siguió sin haber respuesta.

Tal vez, dado lo ocupado que había estado esa noche, Demyan estuviera durmiendo.

Alina entró. Aquello era un caos. Había ropa tirada por todas partes, así como platos y vasos con restos de comida y bebida.

–¿Hay alguien? –preguntó.

Se asustó al pensar que iba a encontrarlo muerto en la cama, por sus excesos.

Se reprochó tener una imaginación exagerada, pero, ante lo que veía y con lo que había leído sobre Demyan, era una posibilidad a tener en cuenta.

Intentaba decidir qué hacer cuando la sobresaltó una voz profunda y con acento extranjero.

–Muy bien, ya estás aquí.

Alina se volvió y se preparó no sabía bien para qué. Pero lo que vio no estaba en la lista de posibilidades que su cerebro había confeccionado. Se diría que Demyan se había pasado la noche en el spa, sometido a diversos cuidados para prepararse para ese momento. Como un hermoso fénix surgiendo de las cenizas, su aspecto era exquisito en medio de aquel caos.

Iba divinamente vestido. Su atuendo era lo más cercano a la perfección que Alina había contemplado en su vida. Un traje oscuro realzaba su cuerpo delgado y su altura, y la camisa resplandecía de blancura.

Pero lo que más atrajo la atención de Alina no fue el gris plateado de la corbata, sino que hiciera juego con sus ojos a la perfección. No, no perfectamente, ya que Alina era una experta en tonos y colores.

Nada igualaba sus ojos. Si aquel hombre no le resultara imponente, hubiera podido pasarse la vida mirándolos.

—Soy Demyan.

¡Como si necesitara que se lo dijera!

Alina le estrechó la mano. Captó el olor de su colonia y pensó que se iba a pasar el fin de semana en una perfumería para volver a olerlo: atrevido, limpio y fresco. Nunca había olido algo tan delicioso.

—Me llamo Alina.

Él frunció el ceño levemente.

—¿Alina? Es un nombre eslavo, ¿no?

—No, es celta —contestó ella con voz ronca.

Apenas podía hablar. Estaba fascinada. ¿Dónde estaba la resaca que se suponía que debía tener? Se acababa de lavar la cabeza y de afeitar. Su piel era pálida y suave y no estaba colorada ni llena de manchas como se le ponía a ella solo con beber una copa de vino.

En una segunda y breve inspección, vio que tenía los ojos levemente inyectados en sangre, pero, aparte de eso, nada indicaba que hubiera pasado una noche loca.

Para él, eso era algo habitual, era su forma de vida, pensó ella mientras intentaba seguir hablando.

–En realidad, es las dos cosas.

–¿Las dos? –repitió él. Casi había perdido el hilo de la conversación y necesitaba un café muy cargado. No solía levantarse sin habérselo tomado, pero, como recordó que la secretaria llegaría a las ocho, había optado por ducharse y vestirse primero para trabajar.

El trabajo era su prioridad.

Nunca llegaba tarde ni faltaba a una cita. Controlaba al máximo todos los aspectos de su vida.

No había llegado a la cima por casualidad ni por error.

–Creo que es eslavo y celta. Significa... –se detuvo al darse cuenta de que él estaba distraído. ¿Qué le importaba el significado de su nombre? Simplemente, le estaba dando conversación–. ¿Deseas algo?

–Café en grandes cantidades. Y pide también que venga alguien a ordenar todo esto.

–¿Quieres desayunar? –preguntó ella mientras se dirigía al teléfono para llamar al servicio de habitaciones.

–Quiero café. No hace falta que llames, solo debes apretar el timbre de la cocina del mayordomo.

Ella se sonrojó e hizo lo que le había dicho.

Ni siquiera podía pedir un café correctamente. Aunque había trabajado en hoteles, nunca había estado en una suite presidencial, donde hasta había mayordomo.

Cuando este llamó a la puerta, ella le abrió y le dijo:

–¿Podría traer café y pedir que alguien suba a arreglar la suite?

Tuvo que contenerse para no disculparse por el desorden.

–Desde luego.

Demyan le hizo un gesto para que se acercara a una gran mesa de nogal, donde había apartado una botella de coñac y varias copas para hacer sitio para su ordenador portátil.

–Me he reservado todo el día de hoy para explicarte lo que espero de ti en las próximas semanas. Tengo dos propiedades que quiero vender. Quiero que hables discretamente con diversas agencias inmobiliarias y que selecciones dos o tres, las mejores. Después me entrevistaré con ellos y veré con cuál me quedo.

–Llamaré después y...

–¿Y qué les vas a decir?

Su tono se había vuelto brusco y la miraba con los ojos entrecerrados. Ella se dio cuenta de que había metido la pata.

–En primer lugar, no has visto las propiedades. Lo único que me falta es que la prensa se entere antes de que se lo diga a... –Demyan vaciló. No iba a hablarle de la situación con Roman.

–Solicita información de forma discreta en las agencias y hazme una lista. Entonces, elegiré y hablaré con ellos. ¿Has hecho esto antes? Porque también tengo una granja en la montaña que será difícil vender. Tengo arrendatarios, y no les va a hacer gracia que quiera echarlos. No necesito que alguien sin experiencia haga...

–¿Llevan su negocio desde la granja? –lo interrumpió Alina.

Al ver que Demyan asentía, se tranquilizó: en ese terreno sabía lo que hacía. La granja de su madre había estado a punto de venderse a inversores extranjeros, lo cual hubiera significado que ella habría podido continuar con el negocio. Por desgracia, en el último momento, se vendió a una familia con dinero que quería un sitio en la montaña para pasar los fines de semana.

–Conozco una muy buena agencia inmobiliaria especializada en propiedades agrícolas. Está acostumbrada a tratar con arrendatarios que se niegan a desalojar la propiedad y con inversores extranjeros. Y, por supuesto, me pondré en contacto con otras.

Demyan había estado a punto de decirle que se fuera, pues ni siquiera había sabido pedirle un café. Pero decidió darle otra oportunidad.

–¿Eres de campo?

–Lo era. Aunque ya sabes lo que dicen...

–No, no lo sé.

–Aunque saques a una chica del campo... Es un dicho. Aunque...

Demyan la interrumpió en mitad de la frase. Era el hombre más brusco que había conocido.

–Voy a llamar a los inquilinos.

Alina contempló cómo les daba la noticia sin titubear.

–Quiero reducir mis inversiones aquí –dijo Demyan–. Lo entiendo, Ross, pero he tomado una decisión. Saldrá a la venta lo antes posible.

Alina había pasado por lo mismo, y los ojos se le llenaros de lágrimas al pensar en el inquilino y en todo lo que había perdido con una llamada telefónica.

Oyó que Ross alzaba la voz preguntando a Demyan cómo no lo había avisado antes y, por primera vez, la voz de este manifestó cierta emoción al contestar:

–Lo decidí anoche.

Capítulo 2

FUE una mañana muy larga.

Alina permaneció sentada, sintiéndose incómoda y violenta mientras el personal del hotel recogía los restos de una noche decadente.

Demyan no parecía incómodo en absoluto. Era evidente que estaba acostumbrado.

–¿Hay inquilinos en la otra propiedad? –preguntó Alina.

–No –respondió él sin mirarla–. Es mi vivienda particular. De ahí la necesidad de discreción.

Alina asintió lentamente y se pasó la lengua por los labios repentinamente secos mientras empezaba a entender lo que implicaba lo que Demyan le acababa de revelar.

–¿Tengo que buscar otra...?

–No voy a comprarme otra.

Alina parpadeó: se marchaba de Australia.

–Va a ser un mes de mucho trabajo –él, por fin, la miró–. ¿Alguna pregunta?

–No.

–Pues debieras tenerlas. Vas a llevar mi agenda y a organizar la venta de dos de mis propiedades, ¿y no tienes nada que preguntarme? Como te he dicho, he reservado el día de hoy para... –claramente molesto por no hallar la palabra, Demyan repitió–: para...

Alina apretó los labios para no decirle las palabras

que estaba buscando. No quería que se enfadara más; de hecho, esperaba que, de un momento a otro, le dijera que se marchara. Y entonces se produjo algo muy extraño. Él le sonrió.

–No soy tartamudo –dijo.

Alina tragó saliva sin saber hacia dónde se dirigía la conversación.

–No te quedes ahí sentada fingiendo que no te das cuenta de que no encuentro las palabras adecuadas.

Seguía sonriendo levemente, pero lo suficiente para que Alina se diera cuenta de por qué era un rompecorazones. Tenía una sonrisa fascinante. Su boca era sensual, de labios rojos y carnosos que se movían muy despacio.

–Puedes ayudarme si quieres –afirmó él.

Alina estaba absorta pensando en sus labios, pero volvió rápidamente a la realidad.

–Para ponerme al día –dijo con voz ronca.

–Entonces, aprovéchalo.

Alina asintió.

–Si en algún momento no estás segura de algo o tienes alguna pregunta...

–Te preguntaré.

Respuesta equivocada.

Alina lo supo porque vio que él contraía las mandíbulas y apretaba los labios.

–Si me dejas terminar... –no había rastro de sonrisa en sus labios–. Iba a decirte que te pongas en contacto con Mariana, mi secretaria habitual en Estados Unidos.

–¿Da igual la hora del día? Con la diferencia horaria...

–Hablarás con ella antes de molestarme.

Comenzaron a trabajar.

A las once, Demyan dijo:

–Llama a la secretaria de Hassan para ver si podemos comer juntos mañana. Solo va a quedarse aquí una semana, así que me urge verle –hizo una pausa porque ella anotaba todo lo que decía–. Iremos a un restaurante que le gusta y al que hace tiempo que no voy –le dio el nombre del restaurante, que era en el que ella trabajaba.

–¿Algún problema?

–No –respondió ella–. ¿Por qué?

–Porque no lo has anotado.

No se le escapaba nada, pensó Alina mientras lo anotaba y esperaba más instrucciones. Pero Demyan se quedó callado.

Al acercarse la hora de comer, Alina estaba segura de que Demyan había decidido que haría venir a la eficiente Mariana.

Estaba en lo cierto.

Demyan pensaba que no era una buena secretaria. No había visto en su vida a nadie tan tímido ni que se disculpara tanto. Se sonrojaba cada vez que él le dirigía la palabra.

Así que llamó a Mariana, pero, al percibir el deseo en su voz, decidió no hacerla ir a Australia y conceder más tiempo a Alina.

Esta estaba hablando con la secretaria de Hassan cuando Demyan acabó de hablar con Mariana.

–Tengo dolor de cabeza. Pide que suban analgésicos. No, tengo algunos en el cuarto de baño. ¿Me los traes, por favor?

El personal del hotel había hecho bien su trabajo, y no había señal alguna de que hubiera habido tres mujeres con Demyan la noche anterior.

Así son las cosas, se dijo ella, porque Demyan la

atraía; de hecho la atraía más que nadie lo había hecho en su vida. Y sabía que él no la miraría nunca de ese modo. Y no lo pensaba por modestia, sino porque él pertenecía a otro mundo. Alina pensó que no debería estar allí, que había sido una estupidez mentir y decir a Elisabeth que era capaz de trabajar para Demyan.

En el cuarto de baño, se olvidó durante unos segundos de que estaba allí con un propósito y se dedicó a admirar las cosas de Demyan. Y había mucho que admirar. Sin poder evitarlo, agarró el frasco de colonia y frunció los ojos para leer el nombre.

Demyan.

Tenía su propia fragancia.

Abrió el frasco y aspiró. Podría haberlo seguido haciendo eternamente, pero la sobresaltó el sonido del teléfono y un poco de colonia se le vertió en el rostro y la mano.

Cerró el frasco a toda prisa y lo dejó en el estante. Tomó dos analgésicos de una cajita y volvió con Demyan.

Este hablaba en ruso. Su tono no era agradable y, al decir el nombre de Nadia, ella supo que estaba hablando con su exesposa.

Alina retrocedió hacia el dormitorio, hasta que Demyan, lleno de ira, lanzó el teléfono al suelo.

La madre de Alina siempre afirmaba que decía mucho de un hombre su forma de hablar con su exesposa o de hablar de ella.

Y aunque se sintiera muy atraída por él, a Alina no le cupo duda alguna de que era un canalla.

Demyan alzó la vista cuando se le acercó. Volvía a tener las mejillas rojas, pero él creyó que era por incomodidad ante lo que había presenciado.

Él no tenía que darle explicaciones y, desde luego,

no iba a decirle cómo había reaccionado Nadia cuando él la había llamado «prostituta». En vez de romper a llorar o, mejor aún, colgar, había bajado la voz y le había susurrado: «Si quieres que lo sea...».

Alina le tendió las pastillas y él sonrió con ironía.

–Necesitaré alguna más. Tráeme la caja y un vaso de agua helada.

–En la caja dice que la dosis son dos.

–Si quisiera una enfermera, la habría contratado –Demyan la miró a los ojos, y ella contuvo la respiración al ver que aspiraba porque había olido la colonia que ella había derramado–. Una enfermera que no tocase mis cosas. Tráeme la caja.

–No voy a traerte más –a Alina le daba igual que la despidiera, pero no estaba dispuesta a darle drogas a Demyan, aunque solo fueran dos analgésicos más. Vio que él abría los ojos y que iba a responderle, pero se le adelantó–. Si quieres pasarte de la dosis, ve tú a por ellas.

Ella dejó las tabletas en la mesa y esperó a que se produjeran los mismos gritos que él había lanzado al hablar con Nadia.

Pero no los hubo.

Demyan se limitó a encogerse de hombros y a levantarse, aunque no fue al cuarto de baño, sino que agarró la chaqueta.

–Vamos a ver mi casa, pero antes pararemos a comer. Puede que lo que necesite sea que me dé el aire, en vez de pastillas.

Le gustó la tímida sonrisa de ella y que lo hubiera desafiado.

Pocos lo hacían.

–Llama para reservar mesa. Decide tú dónde.

Eso debería haber sido todo.

Y con otra persona lo hubiera sido.

Daba órdenes y se le obedecía.

Alina tosió levemente.

–No puedo comer contigo.

–¿Cómo dices?

–Según las normas de la agencia, no puedo comer con el cliente. Está en el contrato que firmaste anoche.

–¿Lo firmé?

Ella lo sacó del bolso y se lo enseñó. Aquella era su firma, no cabía duda. Pero de la noche anterior solo tenía recuerdos borrosos.

–Lo firmé –le echó una ojeada–. Aquí dice que debes terminar de trabajar a las cinco, sin excepciones. ¿Puedo preguntarte por qué?

–Soy una trabajadora temporal. Son las normas –no le dijo que de esa forma podía trabajar por las noches en el restaurante.

–Muy bien. Tenemos mucho que hacer hasta que sean las cinco. Pero, primero, necesito comer.

Alina llamó a uno de los restaurantes de la lista que Mariana le había enviado por correo electrónico y también llamó al chófer, que los estaba esperando cuando salieron del hotel.

Por primera vez en su vida, Alina sintió que se giraban para mirarlos.

Aunque miraban a Demyan, por supuesto.

La puerta del coche estaba abierta y ella se dio cuenta de que Demyan estaba esperando a que entrase.

En la parte de atrás.

Con él.

Con él, pero separados, ya que fue como si ella no estuviera allí. Al principio, él no intentó entablar conversación y se limitó a mirar por la ventanilla.

El corazón de Alina latía a toda prisa. No había dejado de hacerlo desde que se habían conocido. Iba a ser la una del mediodía. Habían pasado casi cinco horas desde su primer encuentro, y ni la belleza de Demyan ni el impacto de su presencia habían disminuido.

–Roman nació allí –dijo él de pronto, más para sí mismo que para ella. Miró el hospital y recordó lo orgulloso que se había sentido ese día y lo dispuesto que estaba a hacer las cosas bien.

Cuando Alina se volvió para echar una ojeada, se dio cuenta de que toda su arrogancia había desaparecido. Nunca había visto a nadie tan triste.

–Yo también.

La voz de Alina y la sorpresa que le produjeron sus palabras hicieron que Demyan la mirara a los ojos.

Ella pensó que, aunque, en aquel momento, su fortuna le permitiera acudir únicamente a los mejores hospitales privados, el hecho de que Roman hubiera nacido en aquel indicaba que su padre había comenzado desde abajo.

–¿Cuántos años hace?

–Veinticuatro. Mi madre quería tenerme en el hospital local o en casa, pero el embarazo fue complicado.

Alina se sonrojó como solía hacerlo ante él, pero esa vez se debió al hecho de haber contado algo de sí misma, lo cual no era habitual en ella.

–Yo tendría nueve años –afirmó él–. Ni siquiera había oído hablar de Australia por aquel entonces.

Alina calculó que tendría treinta y tres. Y Roman, según las revistas, catorce.

–Fuiste padre muy joven.

–No demasiado –no estaba dispuesto a explicarle que nunca se había sentido joven. Incluso de niño había tenido muchas responsabilidades.

–Yo fui a la escuela aquí cerca.

–Creí que vivías en el campo.

–Estaba interna durante la semana –Alina le dijo el nombre de la escuela, y él enarcó una ceja, ya que se trataba de una escuela femenina muy estricta–. Mi madre estaba empeñada en que recibiera una buena educación.

–Eso está bien.

–No lo estuvo, créeme –vio pasar a dos niñas de uniforme–. Me pongo enferma solo de ver el uniforme.

–¿No te gustaba la escuela?

–La odiaba. No encajaba en ella.

–Eso no es malo. Yo nunca encajé –replicó él volviendo a mirar por la ventanilla.

El coche se detuvo frente al restaurante. Alina se sintió ridícula al volver a rechazar su ofrecimiento de comer juntos.

–Quedamos aquí, en el coche.

–Muy bien. ¿Cuánto tiempo te concede el contrato para comer?

Alina sabía que se estaba haciendo el gracioso. Le pidió al chófer que le mandara un SMS en cuanto Demyan estuviera listo para salir.

Y así, en vez de comer en un lujoso restaurante, ella se tomó, sin mucho entusiasmo, un sándwich vegetal que se había hecho en casa esa mañana.

Pero se sintió más segura al comer sola.

Nunca había conocido a nadie tan masculino, ni su cuerpo había reaccionado, ni de lejos, como lo había hecho aquella mañana, lo cual la asustaba.

Trató de analizar la causa de su inquietud.

Aunque Demyan fuera de una belleza deslumbrante, era una persona mala y peligrosa. Lo había comprobado al oír cómo hablaba a su exesposa y al haber visto a aquellas tres mujeres saliendo de la suite.

Dio un mordisco a la manzana que había llevado, pero enseguida la tiró a la papelera.

Estaba harta de manzanas.

Se dirigió a un puesto callejero y pidió un perrito caliente.

Se había prometido seguir la dieta esa semana, pero, la mañana pasada con Demyan, había desbaratado sus planes.

Él era lo opuesto a lo que le gustaba en un hombre, sobre todo en la forma de comportarse con su hijo. ¿Cómo iba a gustarle un hombre que renunciaba a su hijo? Era verdad que Roman no era un niño, que ya tenía catorce años. Ella tenía tres cuando su padre se marchó.

Alina mordió el grasiento perrito y, por primera vez desde las ocho de la mañana, dejó de pensar en Demyan.

Miró los rascacielos y se preguntó si su padre estaría detrás de una de aquellas ventanas, o tal vez fuera uno de los hombres trajeados que caminaban hacia ella.

Si lo fuera, ¿lo reconocería?

¿La reconocería su padre?

¿Le importaría siquiera? Era evidente que no.

Alina iba a dar otro mordisco al perrito, pero vio que ya se lo había comido.

Demyan optó por comer en la terraza. Estaba contemplando a la gente pasar cuando vio que Alina tiraba una manzana a la papelera y se compraba un perrito caliente. Nunca había visto a nadie comerse uno tan deprisa.

¿Se quedaría con ella o no? No se parecía en nada a Mariana ni a sus empleados habituales, que destacaban por su eficiencia. Era tan tímida y tenía tantas ganas de pasar desapercibida que no podías evitar fijarte en ella.

Era tímida y complaciente, en efecto, pero se había negado a darle más analgésicos.

—¿Desea algo más el señor? —le preguntó el camarero.

—Otro café. Y si pudiera traerme unos analgésicos... La caja entera.

—Por supuesto, señor.

Eso estaba mejor, pensó.

Recordó cómo se había sonrojado Alina al negarle las pastillas. Volvió a mirarla y comenzó a admirar sus generosas curvas.

Pensó que sería agradable llevársela a la cama, si dejaba de disculparse y de ser tan tímida. Sería agradable volver a ver curvas.

Cuanto más rico se hacía, más delgadas eran sus acompañantes.

La dejaría para más adelante. Sería una bonita recompensa después de que acabaran las duras semanas que lo esperaban.

Se tomó muy despacio el segundo café.

No lo hizo para hacer esperar a Alina.

Sencillamente, no quería ir a su casa.

Capítulo 3

CUANDO Alina llegó al coche, Boris no le abrió la puerta, ya que estaba hablando con Demyan, que se había aflojado la camisa y se había puesto gafas de sol. Ni siquiera la miró mientras se acercaba.

–Vamos a ir andando –dijo al ver que Alina iba a abrir la puerta.

¿Andando? ¿Adónde?

Demyan andaba más deprisa que Alina, y esta se esforzaba por caminar a su lado.

–¿Está muy lejos? –los pies la estaban matando.

–Ya hemos llegado.

El portero los saludó, y Alina contuvo la respiración al entrar y dirigirse hacia los ascensores.

–Habla con Seguridad y te darán las llaves y un código. Ahora usa los míos.

Alina quiso pedirle prestadas las gafas para ocultar su miedo, ya que aquello superaba con creces todo lo que se había imaginado. Él casi sintió su preocupación al dirigirse a la puerta de la vivienda.

–¿Qué? –preguntó él mientras se volvía y la veía morderse el labio inferior.

–Nada –respondió ella, que, de pronto, recordó que tenía un agujero en las medias.

–¿Tengo que quitarme los zapatos? No he traído zapatillas.

–¿Cómo dices? ¿Tengo pinta de pedirte que te quites los zapatos?

–No lo sé.

–Me estás ofendiendo.

Alina lo miró.

No estaba ofendido.

No le veía los ojos tras las gafas, pero sus labios sonreían levemente.

–Y no tienes pinta de ser una mujer que usa zapatillas.

Él seguía sonriendo, y ella le dijo la verdad.

–Tengo un agujero en la media.

Demyan se contuvo para no darle una respuesta malvada mientras sacaba la llave. Temía volver a su casa y no esperaba sonreír como lo estaba haciendo ni mucho menos estar ligeramente excitado.

–¿Se te dan bien los números? –le preguntó antes de abrir la puerta.

–¿Te refieres a las matemáticas? ¡Fatal!

–Me refiero a recordarlos –dijo él, y recitó seis números mientras abría–. Tecléalos.

Alina tenía muy buena memoria.

Normalmente.

Pero volvió a aspirar su olor mientras él estaba detrás de ella. Consiguió teclear los tres primeros.

–No puedo.

–Claro que puedes –afirmó él–. Tienes otros cuarenta segundos y, si tecleas los números mal o demasiado tarde, saltará la alarma y...

–Ya veo que no me presionas para hacerlo bien –lo interrumpió Alina. Le costaba respirar. El problema no eran los números, sino quien los había dicho. Dudaba que fuera capaz de recitar la tabla de multiplicar con Demyan detrás. Este había acercado su mano a la de ella y, ante la idea de que se tocaran y de lo que ella pudiera sentir, logró teclear el resto de los números correctamente.

—Muy bien —aprobó él mientras se introducía en la vivienda—. Esta es la única vez que voy a estar aquí contigo. Si tienes alguna pregunta, hazla ahora.

Alina tenía muchas. Miró a su alrededor. Había una enorme escalera que comunicaba con el piso de arriba, pero no se fijó mucho en ella porque había una vista de postal. Estaban muy por encima de la Opera House, en el centro de la ciudad. Sintió que la cabeza le daba vueltas mientras miraba por las ventanas.

—Ven —dijo Demyan sin ni siquiera echar una ojeada a las vistas. Iba a enseñarle la casa.

—Hay tres plantas y una azotea con jardín —iba a toda prisa por la casa y se irritaba si Alina se detenía porque la amplitud y el lujo eran excesivos para asimilarlos de una sola vez.

—Ya lo verás todo después, con más calma —afirmó él, desesperado por salir de allí.

No veía el lujo, solo recordaba. Vio a Roman y a sí mismo sentados allí, desayunando, haciendo planes para el fin de semana. Le fue imposible mirar el bar porque era allí donde había pensado celebrar los dieciocho años de su hijo. Tampoco entró en el cine porque recordaba los cumpleaños en los que Roman había llevado allí a sus amigos.

Se ahogaba.

Subió la escalera. Quería salir.

—¿Por qué la vendes? —Alina tragó saliva al ver cómo se le tensaban los músculos del rostro—. ¿No será eso lo que pregunten los posibles compradores?

—Di que me veo obligado. Así pensarán que la casa me encanta, que preferiría no venderla, que tengo problemas económicos, por lo que creerán que es una ganga.

–Muy bien.

–No quiero que me des detalles. Serás tú quien esté aquí con el agente de la inmobiliaria que elija. Te diré el precio que pido y tendrás autoridad para rechazar ofertas. ¿Y si un posible comprador quiere ver la casa a última hora de la tarde o en un fin de semana? Como tienes que acabar a las cinco...

–Seguro que llegaremos a un acuerdo.

No solo era una vivienda lujosa, todo parecía inmaculado hasta que Demyan abrió una puerta.

Alina sonrió al ver que esa habitación, a diferencia del resto, necesitaba una buena limpieza. Era la de un adolescente. Había una guitarra, partituras por el suelo, tazas, vasos y envoltorios.

–Pediré que la limpien –dijo ella.

–No, a Roman no le gusta que el servicio doméstico entre en su habitación. Se supone que es él quien la debe limpiar, pero ya veo que no ha hecho un buen trabajo.

–Pero, si quieres venderla, tiene que estar todo limpio.

–Si una guitarra y unos envoltorios de chicle disuaden a alguien es porque no está dispuesto a comprar –contestó él con aspereza. Después hizo una pausa. Había dicho a Alina que llamara a floristerías y a diseñadores para que todo tuviera un aspecto impecable, pero se negaba a que limpiaran la habitación de su hijo. Creyó que debía explicárselo.

–No sé si Roman volverá a casa antes de marcharse a Rusia. En mi país, se cree que trae mala suerte limpiar la habitación de alguien que se ha ido hasta que llegue a su destino. Solo hago esto por Roman.

Alina asintió, aunque no lo había entendido.

Tampoco Demyan. Tenía grabadas en el cerebro algunas de las ideas supersticiosas de su madre, y, aunque la lógica le indicaba que se olvidara de ellas, no podía arriesgarse a hacerlo.

Y menos aún tratándose de su hijo.

Hasta que supiera que había llegado sano y salvo a su destino, nadie tocaría nada en la habitación.

Subieron a la siguiente planta.

—El dormitorio principal —dijo Demyan.

Alina miró a su alrededor. Era una habitación muy masculina.

—Tal vez habría que pensar en algunos toques femeninos —sugirió.

Demyan reprimió un bostezo. No había dormido en el avión ni desde que había aterrizado el día anterior, y empezaba a acusarlo. La cama resultaba tentadora.

También Alina.

No llegaba a entenderla. Era provocativa, pero no estaba seguro de que fuera algo premeditado.

—Unos cojines, unos cuadros...

—Lo que te parezca conveniente. ¿Más preguntas?

—Creo que no. ¿Es la respuesta equivocada?

—Esta vez no. Te daré unas llaves.

—¿Se necesita un juego para la inmobiliaria?

—Nadie vendrá aquí a menos que tú estés presente. No voy a darles las llaves ni el código de seguridad.

Era otro mundo. No había que aprovechar el descanso de la hora de la comida para ir a hacer un juego de llaves nuevo, sino que Alina tuvo que firmar al salir para que se lo entregaran, así como una tarjeta para el ascensor.

—Tengo muchos empleados —afirmó Demyan al ver

que ella fruncía el ceño–. Debo saber quién tiene acceso a mi casa.

–Supongo que tienes muchas cosas valiosas.

–Sobre todo mi intimidad –apuntó él mientras volvían a montarse en el coche–. Parece que no entiendes la necesidad que tengo de discreción.

–La entiendo.

–No. Cuando dices que si hace falta un juego de llaves para la inmobiliaria, me resulta evidente que no la entiendes. En cuanto se sepa que voy a vender mi casa, habrá gente que quiera verla. La compré para estar con mi hijo, para ser un buen padre. No quiero que se utilice como señuelo para vender más revistas. Alina, ¿estás segura de que sabes lo que estás haciendo aquí?

Apretó los dientes al ver que ella no contestaba.

–Si no te ves capacitada, ten el valor de decirlo.

Vio que ella parpadeaba varias veces y, sin saber por qué, se sintió dispuesto a hacer concesiones.

Tal vez estuviera siendo demasiado duro. Era el final de un largo día, y ella se había mostrado muy segura con respecto a la granja.

–Voy a volver al hotel. El chófer te llevará a las inmobiliarias. ¿Has podido ponerte en contacto con la secretaria de Hassan?

–Sí.

–Entonces, ¿todo está arreglado para mañana?

–No había mesas libres para el primer restaurante que me dijiste, pero he encontrado otro, fabuloso, en el puerto.

–¿En serio? –Demyan frunció el ceño. Nunca había tenido problemas para encontrar mesa en ningún sitio.

–Hay un banquete de boda por la noche –afirmó

Alina precipitadamente–. Hace meses que se hizo la reserva. No van a trasladar el banquete para...

–Normalmente lo harían.

Alina sintió que le faltaba la respiración. Demyan tenía razón. Si hubiera habido una boda, si ella hubiera llamado de verdad al restaurante en el que trabajaba y hubiera dicho que Demyan Zukov quería celebrar una cena de negocios allí, hubieran cerrado la primera planta y hubieran trasladado el banquete nupcial al exterior. Habrían hecho cualquier cosa para complacer a un cliente tan estimado.

Pensó que, tal vez, a él no le importara que trabajase en el restaurante, aunque ese no era el problema en aquel momento.

Demyan estaba en lo cierto: el trabajo la sobrepasaba, pero no tenía el valor de decírselo.

Él bostezó y se estiró.

–Si cuando vuelvas de hablar con las agencias no estoy levantado, vete a las cinco. ¿Cómo llegaste esta mañana a trabajar?

–En taxi.

–Boris te llevará a casa y te recogerá por las mañanas.

–Prefiero usar mi coche.

–Como quieras. Si quieres conducir, el personal del hotel te aparcará el coche.

Alina tragó saliva al pensar que un empleado del hotel fuera a aparcar su coche, pequeño y sucio. Tendría que limpiarlo esa noche.

–Iremos a la granja mañana o a principios de la semana que viene.

No habría ningún mañana

–Demyan...

Él había comenzado a consultar el móvil y no volvió a prestarle atención hasta que llegaron al hotel.

Las dudas de Alina sobre su capacidad para desempeñar aquel trabajo se duplicaron cuando dos de los agentes inmobiliarios con quienes quería hablar se negaron a recibirla.

La agente de la tercera inmobiliaria, Libby, le concedió unos minutos: dos exactamente.

–Mi jefe quiere vender su casa y...

–¿Quién es su jefe?

–Él preferiría no dar esa información todavía.

–¿Dónde está la vivienda?

–Si se lo dijera...

–¿Por cuánto quiere vender?

Cuando ella le dio una cifra aproximada, pensó que Libby demostraría interés, pero ella sonrió levemente, por lo que Alina tuvo que reconocer que no tenía ni idea de lo que estaba haciendo.

–Gracias por hablar conmigo.

–Tenga –Libby abrió un cajón y sacó una gruesa carpeta–. Cuando hablamos de ese precio, todo es negociable.

–Se lo diré a mi jefe.

Se dio cuenta de que Libby se contenía para no reírse.

–Hágalo, por favor.

Fue muy humillante, y Alina llegó al hotel casi llorando.

Demyan no estaba. Probablemente estuviera durmiendo para recuperarse de los excesos de la noche anterior. La puerta de su habitación estaba cerrada.

Alina se puso a leer su contrato, sobre todo la cláusula que hacía referencia al periodo de prueba de veinticuatro horas.

De todos modos, lo más probable era que la despidiera.

Lo correcto sería llamar a Elisabeth, pero no tenía ganas de soportar el enfado que le causaría la noticia.

Había, además, otra razón para no volver al día siguiente, pero no quiso examinarla.

De momento.

Como odiaba el enfrentamiento, abrió un cajón del escritorio y sacó papel del hotel.

Querido Demyan:
Espero que hayas descansado.
Lo siento mucho, pero, como ya has adivinado, no soy la persona idónea para este trabajo.
No es culpa de la agencia. Puede que haya exagerado mi experiencia con inmuebles al hablar con ellos, así que, por favor, no la hagas responsable.
Alina

Le tembló la mano al firmar la nota. La dejó al lado del ordenador de Demyan y se imaginó cómo reaccionaría al leerla.

Pensaría que había desperdiciado un día entero.

Estaba segura de que no le iba a hacer ninguna gracia.

Capítulo 4

EL VIERNES fue un completo desastre.

Alina se pasó el día esperando que se produjera la explosión de la bomba que había activado.

Sabía que, aunque se habían dado el número de teléfono, Demyan no sería quien la llamaría, sino Elisabeth.

Lo peor era que la llamada no se había producido.

No, lo peor era la promesa que se había hecho a sí misma si las cosas no iban bien.

Alina sacó sus cuadros del armario y trató de alquilar un puesto en el mercado para venderlos, pero desistió al saber lo que costaba.

Sí, había sido un día desastroso, parte del cual lo pasó sentada al ordenador.

No buscaba información sobre Demyan, porque otro nombre la torturaba.

El de su padre.

Alina lo había buscado en Internet con regularidad, hasta ese día sin resultados. Pero allí estaba, en la pantalla del portátil, sonriéndole, al lado de su esposa y sus tres hijas.

Dos años antes, había tratado de encontrarlo sin conseguirlo.

Como su madre se había ido a vivir al extranjero, la necesidad de Alina de ponerse en contacto con su padre se había incrementado y, al final, él había aparecido en la pantalla.

Alina miró aquellos ojos castaños tan parecidos a los suyos.

Ojos bondadosos, pensó, mientras sus dedos volaban sobre el teclado. No quería el apoyo de su padre ni entrometerse en su vida.

Solo quería ser su amiga.

Oyó que la puerta se abría. Cathy, su compañera de piso, llegaba para comer. Alina pulsó rápidamente «enviar».

–Hola –dijo Cathy, que estaba acompañada por su novio, y, por su actitud, un poco molesta por no tener el piso para ellos solos–. Creí que tenías trabajo durante un mes.

Alina no le había dicho que iba a trabajar para Demyan, ya que Cathy no era precisamente discreta.

–No ha salido bien.

–Qué pena. Anímate, ya aparecerá otra cosa.

Alina pensó que no la volverían a requerir de la agencia para otro trabajo. Elisabeth seguía sin llamar.

–¿Te pagarán el día de ayer?

–Lo dudo.

–Bueno, por lo menos, tienes el restaurante. ¿Vas a ir esta noche?

Alina asintió y contuvo la respiración, porque sabía lo que vendría después.

–Van a venir unos amigos, y puede que todavía estén cuando vuelvas.

¡Estupendo!

Cathy celebraba fiestas constantemente, por lo que Alina estaba desesperada por tener un piso para ella sola, y ahorraba todo lo que podía para conseguirlo, aunque los precios en Sídney eran muy elevados.

Tal vez hubiera debido fingir un poco más con Demyan, pensó mientras oía a Cathy y a su novio haciendo el amor.

Demyan.

Se preguntó si estaría muy enfadado.

Peor aún, si se habría encogido de hombros al leer su nota.

Esa tarde, mientras se preparaba para ir a trabajar, seguía pensando en él.

Se puso una falda y una camiseta negras y se recogió el cabello. No se maquilló, ya que el maquillaje apenas le duraba mientras trabajaba en el restaurante. El local era de ambiente informal aunque exclusivo, y el personal era joven. La mayoría eran estudiantes; todos, en realidad, salvo ella.

Se puso unas sandalias y fue a tomar el autobús, ya que aparcar en la ciudad era muy caro.

Antes de comenzar su turno, comprobó si había alguna llamada en el móvil, por si su padre se había puesto en contacto con ella.

No era así.

—¡Anímate! —le dijo Pierre, el director del restaurante, en la reunión que tenía con los empleados para informarles de los platos especiales del día. Y no se lo dijo porque tratara de ser amable—. A los clientes no les interesa si las camareras tienen problemas en su vida amorosa.

¿Su vida amorosa? Aunque Pierre no lo supiera, era un chiste malo. Y, entonces, un día después de haberle escrito la nota a Demyan, Alina supo la verdadera razón por la que había rechazado la oportunidad de su vida.

Por Demyan.

Pero odiaba el enfrentamiento, y no conocía a un hombre tan dispuesto a enfrentarse como él.

Ya eran las nueve, estaba trabajando, y no había conseguido dejar de pensar en Demyan y en las tres mujeres que habían salido de la suite el día anterior.

Llegó a la terrible conclusión de que estaba celosa de todas las que se acostaran con él.

—¡Alina! —Pierre la llamó—. Deja lo que estás haciendo y prepara la mesa número cuatro.

Era la mejor y ya estaba ocupada por una pareja, que, claramente molesta, tuvo que levantarse.

—Tengo que cambiarlos de mesa —dijo Pierre. Va a venir Zukov.

Alina se puso blanca como la cera.

—¿Demyan Zukov?

Tenía la esperanza de que fuera Nadia, porque ya había comido allí un par de veces, pero, antes de que Pierre contestara, su sonrisa le confirmó sus sospechas. .

—El mismo. ¡Por Dios! ¡Ya está aquí!

—Pierre... Alina comenzó a hablar, pero ¿qué iba a decirle?, ¿qué no quería servir esa mesa? Pierre la despediría inmediatamente. De todas maneras, lo más probable era que lo hiciera cuando se enterara de que le había mentido a Demyan diciéndole que esa noche había un banquete de boda.

El restaurante se quedó en silencio durante unos segundos al percatarse los comensales de quién había entrado. Después, comenzaron a susurrar muy emocionados.

—Esta es Alina —Pierre los presentó—. Será quien te atienda esta noche, al igual que Glynn, nuestro sumiller.

Alina se obligó a sonreír, a pesar de que estaba muerta de miedo.

—Alina —Demyan frunció el ceño y repitió la primera conversación que habían tenido–. Es un nombre eslavo, ¿no?

Ella fue incapaz de responder.

–¿O es celta? –prosiguió él mientras se sentaba.

–Las dos cosas –contestó ella con voz ronca. Estaba a punto de romper a llorar, pero seguía sonriendo.

–Gracias por recibirme esta noche –Demyan se dirigió a Pierre–. Sé que estáis muy ocupados.

–Nunca para ti, Demyan. Estamos siempre a tu disposición.

–Gracias –Demyan se volvió hacia Alina, que le cantó el menú.

–¿Qué me recomiendas?

Alina se dio cuenta de lo mucho que estaba disfrutando.

En efecto, así era.

Al principio, no la había reconocido. Estaba admirando un trasero y unas piernas morenas cuando ella se dio la vuelta y él constató a quién pertenecían.

A su secretaria desaparecida en combate.

¡Pobrecilla!

Era lo primero que había pensado, pero, en vez de intentar tranquilizarla, se puso a jugar con ella. Se estaba divirtiendo como hacía siglos que no lo hacía.

–La langosta con salsa de mantequilla...

–No –la interrumpió–. Creo que tomaré el solomillo.

Demyan era un buen anfitrión y centró su atención en su acompañante, aunque se burló de Alina un par de veces durante la cena.

–¿Qué ha sucedido con la boda? –le preguntó cuando les llevó el segundo plato. Le indicó con la mirada el vaso de agua, que estaba vacío.

–Han anulado la reserva.

–Mentirosa –respondió él en voz baja mientras la mano temblorosa de ella derramaba el agua al servírsela.

–Lo siento mucho.

–Ya nos veremos luego las caras –dijo él sonriendo.

Y ella lo imitó.

Era su primera sonrisa no fingida aquella noche. Y pensó que, si Hassan no hubiera estado allí, Demyan le hubiera dicho que la pondría en su regazo para darle un azote.

Pero Alina creía que ella no sabía flirtear.

De todos modos, lo hizo.

Aunque estuviera de espaldas, sabía cuándo él la estaba mirando.

Y, cuando se estiró poniéndose las manos por detrás de la cintura y sacando un poco las nalgas, aunque no lo hiciera con intención, lo hizo para él. Era su cuerpo, más que su mente, el que sabía jugar a aquel juego.

Sin embargo, se trataba de un juego peligroso, y lo sabía. Pero, en la que debería haber sido la noche horrible de un día igualmente terrible, se dio cuenta de que tenía ganas de reírse.

Hasta que él se marchó.

Glynn había hecho lo imposible para que Demyan se tomara un coñac después de la cena, pero, ante la consternación general, Demyan y su invitado se marcharon.

Pierre suspiró y recogió la propina antes de que pudiera hacerlo Alina, que se hallaba en un estado de confusión absoluto.

Demyan no le había reprochado su abandono, ni siquiera parecía ofendido.

Al final de la noche, mientras los empleados esperaban a que Pierre repartiera las propinas obtenidas,

Alina no pensaba en el dinero, sino en las palabras de Demyan: «ya nos veremos luego las caras».

No era tanto lo que había dicho, sino cómo lo había dicho.

Pierre le entregó el sobre. Ella lo abrió y vio la generosa propina que Demyan le había dejado.

No estaba enfadado.

Agarró el bolso y, aunque generalmente andaba deprisa para tomar el autobús, esa noche se lo tomó con calma y contempló la Opera House mientras disfrutaba de la cálida noche.

Decidió que, por una vez, iba a ser temeraria y, en vez de añadir la propina a sus ahorros, la emplearía en alquilar un puesto en el mercado.

Para ella, eso constituía un acto de valor.

No le importaba malgastar el dinero, sino la idea de mostrar su trabajo artístico y que nadie se detuviera a contemplarlo.

—¡Eh!

Alguien le dio un golpecito en el hombro, y la primera reacción de Alina fue andar más deprisa, no porque tuviera miedo a que fuera un desconocido, ya que había reconocido la voz de Demyan, sino porque su instinto le decía que se alejara de él

—¡Alina! —él la agarró de la muñeca e hizo que se girara.

—Tengo que tomar el autobús.

—No vas a hacerlo.

—Siento lo de ayer.

Él se encogió de hombros.

—Son los nervios del primer día. Estoy acostumbrado. Te espero el lunes.

—No —lo que la aterrorizaba no era tener que vender el ático, sino él y cómo hacía que se sintiera.

–Te llevo a casa.

–La respuesta sigue siendo la misma.

–No voy a repetirlo. Detesto dar la lata.

–Querrás decir «suplicar» –dijo ella corrigiéndole.

–Yo no suplico.

Ella estaba demasiado asustada para acceder.

–Podríamos ir al hotel y hablarlo.

–¡No! No puedo trabajar para ti, Demyan, porque carezco de experiencia.

–Creo que lo harás muy bien –afirmó él, totalmente en serio, mientras la miraba a los ojos. Esos ojos eran la razón de que no la hubiera despedido ni hubiera llamado a la agencia para contarles lo sucedido.

Era complicado vender la casa, y él se había dado cuenta inmediatamente de que Alina lo haría con el cuidado que todos sus recuerdos merecían.

–Cuando no estés segura de algo, habla con Mariana. Y, si te trata mal, dile que se las verá conmigo.

–¿Por qué no le has dicho a la agencia que lo he dejado?

–Porque no ha habido necesidad. De todos modos, te iba a llamar mañana. Me ha parecido que necesitarías un día para tranquilizarte. Pero no ha servido de mucho, ¿verdad?

Alina lo miró a los ojos como no había sido capaz de hacerlo el día anterior, mientras la mano de él agarraba la suya. Sintió su respiración en la mejilla.

–Yo tampoco estoy tranquilo.

Ella se agarró a sus dedos y reprimió un deseo que hasta entonces nunca había experimentado.

Quería tocarlo, que la mano de él guiara la suya a su entrepierna. Era algo que nunca había sentido.

Se le aceleró la respiración.

–Tu nombre significa «brillante» y «hermosa»

–afirmó Demyan, sorprendido por el hecho de reconocer que había consultado su significado.

–Significa «luz».

–No en el sitio del que procedo.

Ella se pasó la mano libre por los labios.

Y él sonrió.

–Si te pican los labios es que alguien va a besarte pronto.

–Eso no es verdad.

–Lo es en el sitio del que procedo.

–No me pican.

–¿Eres una mentirosa compulsiva, Alina?

–No me pican.

Ya no le picaban, le ardían. Sentía el calor de la piel de él en la mejilla; sentía, de hecho, las palabras que salían de aquella boca a la que estaba impaciente por unirse. Él buscó la suya, y Alina lanzó un gemido de alivio. Su única experiencia consistía en algunos titubeantes besos y manoseos. Aquel no tenía nada de titubeante: iba directo al grano.

Los labios de él eran suaves y cálidos y, después, se produjo el primer roce delicioso de su lengua. Alina se estremeció y deseó que aquello no terminara nunca.

Demyan llevaba tiempo esperándolo, pero la forma en que Alina le respondió le resultó tan inesperada como su atracción hacia ella.

Trató de detener la lengua de ella con la suya, pero ella no lo entendió. Demyan se dio cuenta de su inexperiencia en cada torpe movimiento, pero, curiosamente, le resultó agradable.

Tan agradable que comenzó a acariciarle un pezón y a desear más.

Pero ¿qué demonios hacía besando a una virgen en medio de la calle?

Estaba seguro de que era virgen. Por fin, consiguió detener la lengua de ella con la suya.

Estaba tan dispuesta y era tan complaciente, pensó. Una estudiante de matrícula de honor. Le metió las manos por debajo de la camiseta y le levantó el sujetador para volver a acariciarle el pezón. La oyó gemir. Era agradable ver cómo ella despertaba al sexo, tan gratificante que quería seguir, pero se contuvo.

Alina le gustaba.

Tal vez más de lo que estaba dispuesto a reconocer, pero, aunque deseaba seguir con aquel examen, aunque continuaba deseando su boca, trató de separarse de ella. Pero Alina se resistió. Y él la siguió besando mientras se preguntaba si debería seguir, si...

–Vamos –dijo apartando la boca de la de ella y sujetándola por las caderas–. Mi chófer te llevará a casa.

Vio la decepción reflejada en sus ojos por haber retirado el ofrecimiento de ir al hotel. Estaba sofocada y excitada, y tuvo ganas de olvidarse de sus escrúpulos.

–Podríamos volver al hotel –Alina se oyó, incrédula, pronunciando esas palabras. Pero las había dicho, y en serio.

–Alina, no me quedaré aquí mucho tiempo.

–Ya lo sé.

–Me marcharé pronto de Australia y no tengo intención de regresar.

–Entiendo.

–No soy la persona adecuada para que adquieras experiencia –Demyan la vio sonrojarse, pero le estaba diciendo la verdad: no era una buena persona, no tenía alma y no miraba atrás–. Te espero el lunes.

La acompañó al coche. Cuando se montaron, Demyan dijo algo a Boris en ruso.

–¿Qué le has dicho? –preguntó ella.

–Que no mire.

Se besaron de forma indecente durante todo el trayecto hasta la casa de ella.

–Eres increíble y demasiado buena para mí –dijo él cuando el coche se detuvo.

Ella estaba pensando que él le había vuelto el mundo del revés.

–¿Celebras una fiesta? –preguntó Demyan frunciendo el ceño al oír música.

–Es mi compañera de piso la que la celebra.

Les ofrecía una excusa para volver al hotel, pero él se resistió.

–Vete a la cama sola y a salvo de este lobo. Lo habremos olvidado todo el lunes.

Ella nunca lo olvidaría.

Alina se bajó y cerró la puerta del coche. Estaba algo excitada y confusa por aquella noche inesperada y, mientras se dirigía a su habitación y comprobaba en el móvil si su padre se había puesto en contacto con ella, se sintió destrozada.

Capítulo 5

DEMYAN no estaba de buen humor el lunes porque seguía sin poder comunicarse con su hijo.

Nadia frustraba todo sus intentos de hacerlo.

–¿Hablaste con los agentes inmobiliarios? –le preguntó a Alina.

–Solo con uno. No pasé de la recepción en las otras agencias.

Demyan la miró irritado. ¿Por qué no había insistido?

–¿Qué te dijo?

–Es una mujer. Me dio un folleto y me dijo que todo era negociable con el precio que le había propuesto.

Demyan se fijó en sus ojos hinchados y tuvo la arrogancia de creer que la causa era él. Sintió ganas de levantarse del escritorio, agarrarla por los brazos, zarandearla y decirle que no demostrara sus sentimientos, que tuviera seguridad en sí misma, lo cual no tenía sentido, ya que, la última noche que se habían visto, ella había mostrado mucha seguridad.

No, no quería pensar en esa noche.

–Creo que Libby, la agente, pensó que estaba loca, que eras un jefe imaginario.

–Llámala. Conecta el altavoz.

Alina lo hizo.

–Ah, Alina, ¿cómo estás?

–Muy bien. Mi jefe quiere hacerte unas preguntas.

–¿Cuántos clientes tienes dispuestos a considerar el precio que pido?

–Varios.

–¿Cuántos?

–Dos, posiblemente tres.

–Dime sus nombres.

–Todavía no puedo dártelos.

–Alina volverá a llamarte.

Y Alina lo hizo, pero a las cinco de la tarde. Cuando le dijo que su jefe era Demyan Zukov, de pronto, Libby se convirtió en su mejor amiga. La tarde siguiente, le enseñó el ático y hablaron de lo que se podía hacer para mejorarlo aún más.

A Alina le encantó hablar de eso. La idea de ser secretaria había sido de su madre más que suya. No iba a ganarse la vida vendiendo sus obras de arte, pero le gustó volver a hablar de colores y de añadir detalles que probablemente no eran muy importantes, pero que a ella se lo parecían.

En cuanto a la habitación de Roman...

–¡Caramba! –exclamó Libby asomándose–. ¿Se le ha pasado a los de la limpieza?

–Tiene que quedarse así.

–¿Puedo traer a alguien el sábado para que lo vea?

–¿A quién?

Libby dijo el nombre de una pareja muy famosa de la realeza europea.

–Están en Australia, pero solo hasta el domingo.

–Lo consultaré.

Cuando volvió al hotel, la puerta del dormitorio de Demyan estaba cerrada. Comprobó las llamadas del móvil y vio que había un SMS de él diciéndole que le pidiera hora para el dentista para el día siguiente.

Llamó a Mariana. En Estados Unidos era por la mañana temprano.

–Lo siento mucho.

¿Por qué? –preguntó Mariana, que estaba más acostumbrada que Alina a la forma de comportarse de Demyan.

–Tengo que pedir cita al dentista para Demyan, pero no me ha dicho a cuál debo llamar.

Mariana se echó a reír.

–Seguro que no lo ha hecho.

A Alina la conversación le resultaba ridícula, pero Demyan había hablado en serio al decirle, el primer día, que no lo molestara con detalles sin importancia.

–El doctor Emerson –Mariana le dio el número personal del dentista, no el de su consulta–. Y Demyan querrá que lo vea a las ocho de la mañana.

–Gracias.

Alina llamó y saltó el buzón de voz.

–Soy Alina, la secretaria de Demyan. Quisiera concertar una cita para él, mañana a las ocho de la mañana. Le agradecería que me la confirmara.

El dentista llamó dos minutos después, y Alina envió un correo electrónico a su jefe antes de irse a casa, aunque le hubiera encantado quedarse.

Le hubiera gustado estar en la habitación de Demyan, y no le hizo ninguna gracia pensar que esa noche pudiera haber otra mujer en ella.

La sola idea le resultaba insoportable.

Demyan se despertó cerca de la medianoche.

Se sentía furioso.

Pensé en volver a llamar a Nadia, o a su abogado, para exigirle que le dijera dónde estaba su hijo.

Respiró hondo, pero no consiguió calmarse.

¿Qué conseguiría volviendo a llamarla? Tal vez fuera mejor ir a verla, pero, a ella, eso le encantaría.

Lo más probable era que estuviera esperando que lo hiciera.

Decidió ir al casino.

Salió de la habitación para servirse algo de beber, consultó el correo electrónico y vio el mensaje de Alina, entre otros muchos.

Fue el primero que abrió: *Espero que hayas descansado*

Demyan sonrió. Después, se quedó sorprendido al leer que una pareja perteneciente a la realeza europea iba a ver su casa ese sábado.

Libby está de acuerdo en que el dormitorio principal es muy masculino. Tengo una acuarela que quedaría muy bien en la pared, frente a la cama. Es muy grande para mi piso, por lo que la tengo en un armario. La llevaré mañana para que la veas, pero, por favor, no te preocupes si no te gusta, no me sentiré ofendida. Los colores son bonitos.

Demyan siguió leyendo. Era un correo muy largo.

He estado pensado en qué hacer en la habitación de Roman. De nuevo, no te ofendas, por favor. Se me ha ocurrido hacerle una foto con el móvil, limpiarla para la visita y, después, volver a dejarla como estaba.
Tienes cita con el dentista mañana, a las ocho.

Demyan escribió la respuesta.

Está bien que vayan a ver la casa el sábado.

*No hace falta que me enseñes el cuadro. Me vale
con que a ti te parezca bien.*
En cuanto a la habitación de Roman...

Demyan vaciló durante unos segundos, y siguió escribiendo.

*Tu propuesta no me ofende. Sin embargo, mi madre
decía que, si tocas la habitación de alguien antes de
que esa persona llegue a su destino, su avión se estre-
llará, la tierra se abrirá y se producirán toda clase de
desastres. Así que creo que es mejor que no la toques.*
Demyan

En vez de ir al casino, se tumbó en la cama y se puso
a recordar la confusión que había reinado en su infancia y los terribles rituales que su madre se empeñaba
en llevar a cabo. No podía haber botellas vacías en la
mesa, ni vasos medio llenos...

Una serie interminable de rituales inútiles. De todos modos, su madre había acabado en un infierno.

Se levantó y envió otro correo electrónico. Era ridículo tratar de vender la casa sin limpiar la habitación: *Alina, haz lo que creas conveniente con la habitación de Roman.*

Después, volvió a tumbarse en la cama, pensando
si a ella no le parecería extraño recibir dos correos
opuestos.

Decidió mandarle un tercero.

Simplemente, no me digas lo que vas a hacer.
P.D.: ¿Por qué no te gustaba la escuela?

Capítulo 6

HUBO buenos momentos, Demyan.
Al volver del dentista, sin ni siquiera tener
tiempo de quitarse la chaqueta, Demyan cerró
los ojos al oír las palabras de Nadia. Al abrirlos, vio
que Alina fingía estar ocupada en algo, aunque daba
lo mismo, ya que estaban hablando en ruso.

–No recuerdo ninguno.

Miró la pantalla del ordenador y leyó un correo que
le había mando Alina.

*De acuerdo, elegiré algunos cuadros, cojines y
otras cosas.*
P.D.: Siempre tenía hambre.

–Demyan –insistió Nadia.

–¿Qué demonios quieres?

–Que volvamos a ser una familia.

–Teniendo en cuenta lo que me dijiste, ni siquiera
sé si la tengo

–Demyan, por favor, lo dije porque estábamos pe-
leándonos.

–No, Nadia, yo no me peleo contigo. Y el motivo
de no hacerlo es que no me importas lo suficiente para
ponerme a discutir.

–Piénsalo, por favor. No te pido que sea para siempre. Solo quiero que volvamos a estar juntos.

A Demyan le dolía la cabeza de hablar en ruso, cuando, normalmente, le sucedía lo contrario.

La conversación concluyó.

Alina había aprendido un par de tacos en ruso en las horas pasadas trabajando juntos. Él la miró y vio que tenía las mejillas encendidas.

No le sentó bien que los hubiera oído. Pensó en darle explicaciones, pero recordó que era algo que nunca hacía.

Cuando ella se levantó, él percibió su desagrado, por lo que le envió un SMS: *Lamento que lo hayas oído.*

Fue a su habitación, cerró la puerta, se tumbó en la cama y esperó su respuesta.

¿No crees que te estás disculpando con la persona equivocada?

No, respondió Demyan

Cerró los ojos y, de nuevo, esperó su respuesta, que no llegaba.

Alina estaba hablando con Mariana. Como ya se sabía que Demyan estaba en Sídney, no dejaban de llegarle invitaciones, y ambas las estaban repasando.

—Demyan todavía no ha respondido a la invitación para acudir a la inauguración del nuevo casino esta noche. Recuérdaselo —dijo Mariana.

—Lo haré.

Trabajaban muy bien juntas. Mariana había visto a Alina en una videoconferencia y había decidido que no tenía de qué preocuparse, y Alina había visto a Mariana y deseaba ser ella.

—Esa es mejor que se la enseñes antes de rechazarla —afirmó Mariana.

—¿Una cena para recaudar dinero para enfermos mentales? No sabía que Demyan apoyara...

–Son eventos a los que va gente importante. A esta acudirán miembros de la realeza europea.

–Por supuesto, pensó Alina, se trataba de establecer contactos. Su jefe carecía de conciencia social.

–Hace un par de meses, decliné la invitación –prosiguió Mariana– explicando que Demyan no estaría en Australia para la ocasión. Ahora saben que ha vuelto y están deseosos de que acuda. Es esta noche.

–Se lo diré en cuanto se levante –dijo Alina antes de despedirse–. Y siento haberte llamado ayer tan temprano por lo del dentista.

–Ya te dije que no pasaba nada.

–¿Por qué demonios no llama él al dentista? –masculló Alina, creyendo que Demyan seguiría en su habitación.

Mariana se rio y cortó la comunicación.

–¡Alina!

La voz de Demyan le dio un susto de muerte.

–Si tuviera tiempo de hacer cosas como pedir cita con el dentista...

–Ya lo sé. Yo no tendría trabajo. Por cierto, ¿qué tal te ha ido?

–¿Por qué hace esa pregunta la gente? –gruñó él–. Me voy a acostar.

Cuando Demyan hubo vuelto a su habitación, Alina dedicó unos minutos a buscar el perfil de su padre en Internet.

No lo encontraba desde el viernes anterior.

Se dijo que tal vez se sintiera abrumado o que ni siquiera hubiera recibido su solicitud.

O tal vez hubiera borrado su perfil.

Alina miró el ordenador de Demyan, tragó saliva y se preguntó si se atrevería. Se acercó a la habitación y escuchó, pero no oyó ruido alguno.

Tenía que saber.

Fue al escritorio e hizo clic en un icono. Lo único que tenía que hacer era escribir el nombre de su padre y...

–¡Alina!

Ella se apresuró a ocultar la página.

–Estoy...

–¿Estás qué?

Se había puesto colorada como un tomate y los ojos le brillaban de miedo. Pero Demyan, lejos de enfadarse, la miró con ojos risueños e incluso trató de tranquilizarla con una broma.

–Si quieres ver pornografía, lamento desilusionarte, pero me gusta verla en pantalla grande, en casa.

Se dio cuenta de que ella estaba a punto de romper a llorar. De hecho, estaba llorando.

–¿Qué hacías?

–Trataba de ponerme en contacto con alguien cuyo perfil no encuentro en mi ordenador ni en mi teléfono móvil –le explicó ella con voz temblorosa–. Lo siento. Quería ver si aparecía en el tuyo.

–¿Y lo ha hecho?

–Sí

Él se encogió de hombros.

–Entonces, alguien te ha bloqueado. No le des importancia, yo bloqueo a gente constantemente. Y no vuelvas a fisgonear en mi ordenador. Podías haberme pedido permiso.

Se sentó e hizo clic en la página.

Pobre Alina, pensó, al mirar a un hombre que era, sin duda, pariente de ella, y no solo por el apellido, y que era lo bastante mayor para ser su padre.

Le envió una solicitud de amistad y miró a Alina, que había vuelto a su escritorio y fingía que trabajaba.

–¿Tenía Mariana algo para mí?

–Sí –dijo ella con voz aún temblorosa. Él bostezó cuando le habló de la invitación del casino.

–Puede que vaya.

Seguía enfadado porque no lo hubieran inaugurado la semana anterior.

–De ningún modo –dijo cuando ella le habló de la cena para recaudar fondos para los enfermos mentales.

Alina le dijo quién acudiría.

–No voy a ir. Esa pareja de la realeza verá mi casa este fin de semana. No quiero conocerla.

Se calló. Le disgustaba haber revelado que la venta le afectaba.

Un pitido lo alertó y miró el ordenador. Parecía que tenía un nuevo amigo.

¡El padre de Alina!

Qué canalla, pensó, sin estar muy seguro de por qué interfería y se interesaba por aquel asunto.

–Contesta y di... –vaciló. Miró a Alina y, después, otra vez a su padre. Tal vez ella se mereciera un rato de diversión.

–Diles que estaré encantado de apoyar esa valiosa causa –sonrió de un modo que hasta entonces Alina no había visto.

–¿De verdad? No pensaba que fueras a apoyar a los enfermos mentales.

–Diles que estaremos encantados de acudir.

Alina frunció el ceño.

–¿Estaremos? ¿Quiénes? Tú y...

–Tú.

–Pero estoy trabajando...

–Para mí.

–Demyan, yo...

–No me aburras con los detalles, Alina. Y, si me sacas el contrato, lo romperé; y, si prefieres trabajar esta noche en el restaurante, te despediré. Esta noche, los organizadores querrán un discurso, además de una donación. Mi secretaria se encarga de esas cosas. Nos vemos aquí a las seis o, si lo prefieres, paso a recogerte.

—Pero Demyan...

—Vete.

—Es mediodía.

—Supongo que tendrás que peinarte, elegir lo que ponerte... —se apoyó en la silla para echarla hacia atrás y puso los pies en el escritorio—. Te recogeré a las seis.

—Yo...

—Estate preparada o no te molestes en volver mañana.

Al ir a agarrar el bolso, Demyan la detuvo.

—Alina, te mando a casa para que te prepares, no para que llores por un miserable que te ha bloqueado.

—Lo intentaré.

—Quince minutos —dijo él.

—¿Cómo?

—Date quince minutos para llorar y, después, sigue adelante.

—¿Es eso lo que haces tú?

—Yo no tengo que olvidarme de nadie porque nadie me importa lo suficiente.

—¡Qué cosas tan agradables dices!

Él sonrió.

¡Un cuarto de hora!

Necesitaría algo más para sobreponerse al rechazo de su padre.

Alina entró en su piso, se fue a su habitación, se tumbó en la cama y lloró sobre la almohada, aunque, gracias a Demyan, no tuvo mucho tiempo para lamentarse.

¿Qué se pondría para la cena?

No tengo nada adecuado...

Dejó de escribir el SMS. ¿Estaba pidiendo a Demyan dinero o poniendo una excusa?

Él lo interpretaría como que estaba haciendo las dos cosas.

Borró el mensaje y siguió tumbada. El problema era grave. A la cena acudiría gente muy rica. Su vestuario de trabajo constaba de varios trajes de chaqueta y un vestido negro. Aunque se fuera de compras, los vestidos que pudiera adquirir no estarían a la altura de la ocasión, y no podía permitirse uno de diseño.

Tuvo una idea. La rechazó, pero siguió rondándole por la cabeza y cobrando fuerza hasta el punto de que se levantó, se acercó al armario y sacó una caja, al mismo tiempo que se decía que aquello era una ridiculez.

Sacó el vestido de la caja. Era más bonito de lo que recordaba, en tonos rojos, violetas y amarillos.

Tiempo atrás se había propuesto diseñar y hacer vestidos en vez de pintar. Le encantaba trabajar con seda y el efecto de halo alrededor de las flores.

Miró su obra maestra.

Tras muchos intentos y un gasto considerable, se había gastado otra pequeña fortuna en convertir la tela en un vestido.

—La tela es fantástica —le había dicho la modista, y Alina había asentido sin decirle que era una creación propia.

Se miró al espejo con el vestido y se preguntó si estaría a la altura.

Era lo único que tenía.

Así que, en vez de gastarse el dinero en un vestido

que, de todos modos, se consideraría barato para la ocasión, se fue a la peluquería.

¡Y se compró unos zapatos!

Eran tan bonitos que se merecían unos pies en las mejores condiciones, por lo que Alina dedicó el tiempo que le quedaba a hacerse la pedicura, luego la manicura y, por último, a maquillarse.

Se imaginó a Demyan quitándole el carmín con un beso.

Iba a acostarse con él; quería hacerlo. Si su corazón no podía soportar que fuera una más de las aventuras de Demyan, más le valía endurecerse.

Se miró al espejo y llamaron a la puerta.

Demyan esperaba que Alina llevara un vestido negro.

Estaba molesto consigo mismo por haberle pedido que lo acompañara. De todos modos, serviría para que ella recordara que él tenía la reputación que se merecía, ya que, desde que ella había comenzado a trabajar para él, todo había sido muy insulso. ¡Pues se había acabado! Aunque aquello fuera trabajo, él a veces lo mezclaba con el placer. Y, si veía a alguien que le gustaba, y normalmente lo hacía, su intención era que Alina volviera sola a casa.

Entonces, ella abrió la puerta.

Lo recibió un derroche de colores, rizos y curvas que se le instaló directamente en la entrepierna.

No dijo lo primero que se le ocurrió porque hubiera sido una grosería, así que le dijo lo segundo: que estaba muy guapa, pero lo hizo en ruso, de modo que ella no pudiera entenderlo.

–¿Vuelves a decir tacos, Demyan?

Él sonrió.

–No. He dicho que esperaba que fueras de negro.

–El negro es para trabajar. Me gustan los colores.

–Vamos.

–Cuando lleguemos, ¿tengo que...?

–Cuando llegue –le corrigió él–. Entraremos separados. Estoy soltero, Alina. No querrás arruinar las posibilidades que la noche me ofrezca, ¿verdad?

Ella tragó saliva. Nada podía arruinar sus posibilidades, pero era una forma hábil de recordarle que aquello no era una cita, aunque ella se hubiera convencido de que lo era.

Le dolió más de lo que debería.

Alina se bajó del coche, enseñó el pase y entró mientras Demyan se dirigía en el coche a la entrada de los invitados famosos e importantes.

Se sentía a gusto llegando solo. Normalmente, entraba así y salía acompañado. Entonces, vio a Alina, con su increíble vestido, y se dio cuenta de que la había ofendido. Cuando le llevó una copa de champán, ella la rechazó.

–Tómatela.

–Estoy trabajando –respondió ella, y él se echó a reír.

Sí, la había ofendido.

Llegó la pareja que iba a ver la casa de Demyan y este les dio la espalda. No quería imaginárselos en el ático.

Alina y él se sentaron en una mesa circular. Una mujer rubia, llamada Livia, que, al ver a Alina, había puesto mala cara, se animó considerablemente al saber que era la secretaria de Demyan.

–Estás trabajando tarde –dijo Livia a Alina, y se puso a flirtear con Demyan.

Prosiguió durante toda la cena, haciendo como si Alina no estuviera allí. Pero Demyan era muy consciente de que estaba sentada a su lado. Si hubiera sido Mariana, a pesar de que a veces se acostaba con ella, hubiera flirteado con Livia.

–La he reconocido –dijo Alina cuando Livia se excusó para ir al servicio.

Demyan también la había reconocido: era una famosa actriz. Y también había percibido la inclinación de cabeza que le había hecho al levantarse.

–Pues yo no –dijo mientras las luces bajaban de intensidad porque había llegado la hora de los discursos–. Despiértame cuando sea mi turno.

Cuánto hablaban, pensó. Detestaba los discursos y que hubiera que dar las gracias a todos mil veces, cuando un correo electrónico bastaría. Livia había vuelto, y Demyan estaba a punto de quedarse dormido cuando lo despabiló la voz de la persona que había en el escenario.

–Recuerdo que fui a cenar a casa de una amiga y que no me quería ir. Semanas después, mi amiga y yo nos peleamos porque no le devolví la invitación. No podía. Nunca sabía lo que me iba a encontrar en casa y no quería que nadie viera lo que pasaba allí.

A Demyan le pareció que los focos lo enfocaban a él mientras aquella mujer, aquella desconocida, describía, casi al pie de la letra, su propia infancia.

Miró a Alina, que escuchaba sin sospechar su agitación.

–Hacía todo lo que ella me decía, y lo hacía todo bien. Si funcionaba, si estábamos vivos al día siguiente por haber tocado cuatro veces la cama antes de meternos en ella, de haber corrido las cortinas, de haber... –la mujer sonrió–. Seguro que se hacen una idea de lo que quiero decir, pero, si funcionaba, teníamos que volverlo a hacer la noche siguiente, y la siguiente, y la siguiente... Los rituales se volvieron más complicados...

Demyan estuvo a punto de levantarse y marcharse, pero percibió la tranquilidad de Alina a su lado, que se reía de un chiste que había contado la mujer. Entonces, se dio cuenta de que no estaba hablando de su vida, porque la madre de aquella mujer mejoraba a veces y, cuando empeoraba, los servicios sociales se ocupaban de ella.

Estaba profundamente conmovido.

–Su discurso... –comenzó a decirle a Alina, mientras los invitados aplaudían. Pero se detuvo porque no iba a hablar de ello con su secretaria, no tenía que explicarle nada a Alina.

–Buena suerte –dijo ella cuando él se puso en pie para hablar.

Lo miró fijamente. Era un placer poder examinarlo de lejos.

Demyan dio las gracias a todos amablemente y dijo que pocas veces acudía a eventos para recaudar fondos, pero que aquel merecía la pena y que haría todo lo posible por apoyarlo.

–Esperemos que eso signifique que volverá el año que viene –apuntó el maestro de ceremonias mientras Demyan volvía a su sitio.

–Ven –le dijo a Alina.

Él, en principio, no pretendía bailar, pero Livia no dejaba de lanzarle miradas lánguidas y, aunque normalmente hubiera elegido irse con ella, decidió disfrutar de la noche veraniega y sacar a Alina a bailar.

–Estás haciendo promesas que no podrás cumplir –dijo ella.

–Yo cumplo todas mis promesas. Seguiré haciendo donaciones desde el extranjero.

–Sabes de sobra que quieren algo más que tu dinero.

–¿Sigues enfadada? –le preguntó él cambiando de tema.

–¿Por haberme dejado en la entrada de los criados? –lo miró a los ojos–. Me ha parecido algo de otro siglo.

–Relájate –dijo él.

Pero ella tenía miedo de hacerlo porque, si se relajaba, aunque solo fuera un segundo, sus manos tal vez revelaran que lo quería más cerca de ella, o su rostro se alzaría hacia el de Demyan, por lo que siguió bailando rígida entre sus brazos.

–¿Por qué estás tan tensa?

–No estoy acostumbrada a este tipo de eventos –replicó ella, pero no le dijo que tampoco estaba acostumbrada a estar en brazos de alguien tan increíble como él.

La mujer que había hablado pasó bailando con su pareja al lado de ellos, y Demyan quiso preguntarle cómo había podido contar todo aquello en público y, después, bailar y reír. En lugar de ello, atrajo más a Alina hacia sí, pero notó su resistencia.

Ella protestó en silencio, aunque solo durante unos segundos. Después, lo aceptó y se apoyó en él. Demyan suspiró mientras su mano se desplazaba un poco más abajo de su cintura.

Rara vez bailaba. Bailar era aburrido, pero no se lo pareció en ese momento.

Volvió a decirle en ruso que estaba muy guapa, y ella no lo entendió.

–¿Qué significa eso?

–Que necesitas tiritas en los pezones –mintió él, y sintió que ella esbozaba una sonrisa.

–Solo cuando estás cerca.

Demyan se había excitado.

–Me lo estás poniendo muy difícil. ¿Y tu timidez?

–No sé.

Estaba acostumbrado a mujeres ansiosas, pero no definiría así a Alina. Su mano descendió hasta las nalgas de ella. Miró su hermoso rostro y su boca, que esperaba que la besara, pero se negó y le negó ese placer, por el bien de ella.

–Vamos, voy a llevarte a casa.

Ella no quería irse a casa, sino volver al hotel. Ansiaba todo lo que el cuerpo de él le había prometido mientras bailaban. Bailaron una pieza más desplazándose hacia las sombras. Demyan quería besarla. Ella quería pasar la noche con él. A pesar de los tacones, ella no alcanzaba su altura, pero le rozó el cuello con los labios y sintió la presión de la mano de él en la cabeza.

El cuello de Demyan no era su boca, pero lo besó como si lo fuera, y él cerró los ojos ante el inesperado placer de la lengua de ella en su piel. Se olvidó de todo lo demás, salvo de que estaba en una pista de baile. Justo entonces, cuando necesitaba estar más centrado que nunca, su mente perdió el control durante unos segundos, lo que lo sobresaltó. Decidió detenerse.

–Vamos –dijo a Alina.

En el coche, mientras se dirigían a casa de ella, optó por mentirle.

–No tengo relaciones con las personas con las que trabajo.

–Claro.

Alina sabía que mentía porque Mariana había mencionado algunos privilegios de su trabajo.

Demyan, a veces, era muy directo, pero lo que no sabía era que, en aquel momento, debería haber hablado con total franqueza. Si hubiera dicho: «No me acuesto con vírgenes», Alina se lo habría tomado mejor.

Cuando llegó a su piso, en el que su compañera celebraba una fiesta, se encerró en su habitación y rompió a llorar. Se había ofrecido a Demyan con su mejor vestido y sus preciosos zapatos, y este, que se acostaba con quien fuera, la había rechazado.

No la deseaba.

Nadie lo había hecho.

Capítulo 7

DEMYAN supuso, y acertó, que era él la causa de los ojos enrojecidos de Alina.

Había un ambiente laboral claustrofóbico, aunque la tensión no se debía únicamente a la noche anterior.

Fue a su habitación y llamó a Roman, pero saltó el buzón de voz.

Nadia le había enviado un SMS para decirle que Roman y ella se marcharían la semana siguiente. Demyan decidió que él haría lo mismo.

—Venga —le dijo a Alina mientras salía de la habitación—. Vamos a ver la granja.

—Voy a llamar al chófer.

—No, pide solo el coche.

Estaba inquieto por lo que Nadia le había dicho y nada contento con su comportamiento de la noche anterior con Alina.

—Conduciré yo —dijo y, mientras se ponía la chaqueta, miró los pies de Alina—. ¿No tienes otro calzado?

—Tengo unas botas en el coche. Voy a por ellas.

Así era ella, pensó Demyan.

El problema era que le gustaba.

Al salir de la ciudad, Alina habló para romper el silencio.

–Nunca hubiera imaginado que tuvieras una granja.
Él se encogió de hombros.

–Es un constante dolor de muelas. Siempre hay
algo que hacer. Debí haberla vendido hace años.

–¿Y por qué no lo hiciste?

–Los arrendatarios eran amigos de mi tía. Poseían
la granja y los huertos de al lado. Katia, mi tía, me
dejó en herencia la propiedad al morir. No iba a vivir
allí. Bueno, una vez lo pensé. Hubo un incendio, y la
propiedad de Mary y Ross quedó arrasada. Les alquilé
la granja y mis huertos. De eso hace ya doce años. Sus
huertos han vuelto a producir.

–¿Y la casa?

–No volvieron a construirla. Pueden hacerme una
oferta. Tienen un floreciente negocio –Demyan la
miró–. No estás tomando notas.

–No me hace falta –Alina miró por la ventanilla–.
Nuestra granja también fue considerada un negocio
floreciente.

–¿Qué producía?

–Waratahs. Son grandes arbustos con enormes flores rojas... –Alina dejó de hablar. ¿Qué más le daba a
él?–. Sé que llevar una granja es complicado, al igual
que vender lo que produce.

Hicieron el resto del camino callados.

«Esto es un negocio», se dijo Demyan al estrecharle
la mano a Ross.

Este se había calmado desde que habían hablado
por teléfono. Al fin y al cabo, Demyan siempre se había portado bien con ellos. Mientras Alina se ponía las
botas para ver el lugar, Ross dijo que no iban a hacerle
una oferta.

A Demyan le resultó tan difícil como esperaba haber vuelto a la granja donde había pasado varios años

con su tía, años en los que se había recuperado un poco de su infancia brutal.

Después de hablar un par de horas con Ross, le dijo:

—Lo haremos lo mejor posible —le estrechó la mano—. Alina se pondrá en contacto con vosotros.

—Desde luego —afirmó Ross.

—Os he preparado algo de comer —Mary tenía los ojos tan enrojecidos como Alina aquella mañana—. Sé que esto también es difícil para ti, Demyan. Recuerdo cuando llegaste... —se rio suavemente—. Y mírate ahora.

—Los tiempos cambian.

—Así es —Mary le tendió la cesta con la comida—. Creí que querrías ver esto por última vez.

Demyan no quería hacerlo. Lo que deseaba era montarse en el coche y alejarse de allí sin mirar atrás.

—Gracias —hubiera sido una grosería rechazar la comida.

Caminaron mucho rato en silencio. Alina tenía la cabeza a punto de estallar. Había muchas cosas que detestaba de Demyan: cómo hablaba a su exesposa, que no luchara por su hijo, que fuera a destrozar la vida de Mary y Ross, unas personas que deberían importarle.

Era evidente que no era así.

Quería odiarlo, pero...

Nunca había sentido tantas cosas como sentía en aquel momento, mientras paseaba por un huerto con Demyan a su lado.

Tenía ganas de llorar, de cantar... Se limitaba a sentir.

—¿Quieres comer bajo aquel árbol mientras yo lo hago en este? —preguntó él burlándose de las normas de la agencia—. O puedes comer en el coche.

–Vale ya.

–Yo iba allí –prosiguió él señalando un enorme sauce llorón cuyas ramas se introducían en el río–. Hace mucho más fresco.

Apartó la verde cortina para que ella entrara en su refugio.

–Venía aquí a pensar. Tomaremos primero el postre –sacó unos bollos, mantequilla, crema de leche y mermelada–. No me gusta dejar lo mejor para el final.

Untó uno de los bollos y se lo tendió a Alina. Ella le dio un mordisco.

–¿Está bueno?

–Estupendo.

–¿Por qué pasabas hambre en la escuela? ¿Era mala la comida?

–La comida era buenísima, pero, si estabas un poco rellenita, se burlaban de ti si intentabas repetir.

–¿Así que no repetías?

–No, no merecía la pena tener que soportar las críticas de las otras chicas.

–Yo les hubiera dicho...

Alina lo interrumpió.

–*Mne pohuj.*

Demyan soltó una carcajada al oír que decía en ruso lo que tendría que haber dicho a aquellas chicas: que le daba igual, aunque expresado de modo más grosero. En efecto, Alina había aprendido algunos tacos en ruso, gracias a Demyan.

–Hablas muy mal –Alina sonrió.

–Hablo excelentemente. En Rusia, decir tacos es un arte –la miró mientras ella se comía alegremente otro bollo–. Repítelo.

–No, practicaré en privado.

–¿Te gustaba la granja de niña?

–Me encantaba.

–¿Tienes hermanos?

–No.

¿Y tu madre?

–Está pasando unas vacaciones en el extranjero: se las tiene bien merecidas, después de haberme criado sola.

–¿Y tu padre?

–Se marcho cuando tenía tres años.

–¿Lo ves?

–No. Parece que quería tener una granja, y así conoció a mi madre, que cultivaba flores. Pero llegué yo, y mi padre decidió que era demasiado para él y se marchó. Mi madre trató de seguir con la granja, y funcionó durante unos años. Pero era un trabajo muy duro para ella...

Alina hizo un gesto negativo con la cabeza. Si seguía hablando, se echaría a llorar.

–¿Por qué decidiste hacerte secretaria?

–Porque era un forma de ganarse la vida más segura. Quienes se dedican a los negocios siempre necesitan una.

Pero ella sabía que desempeñaba muy mal su trabajo.

De no haber sido por el beso, él la hubiera despedido. En realidad, si Demyan no hubiera tenido resaca, la hubiera despedido en cuanto se hubiera dado cuenta de que no sabía nada de inmuebles y propiedades.

–¿Consigues mucho trabajo a través de la agencia?

–No mucho. Menos mal que trabajo de camarera.

–¿Te gusta?

–El restaurante está muy bien, el personal es estupendo...

–Me refería a ser secretaria.

Ella tragó saliva.

–Desde luego –dijo obligándose a sonreír.

–Alina...

Ella lo miró.

¿Cómo iba a decir a su jefe que odiaba aquel trabajo, a pesar de que se esforzaba por hacerlo lo mejor posible?

No, no podía decírselo, así que desvió la conversación hacia él.

–¿Viviste aquí cuando llegaste a Australia por primera vez?

–Sí. Mi tía era quien llevaba la granja. Murió cuando Roman tenía dos años. De hecho, murió dos días después de divorciarme. Nadia creía que debía vender la granja, pero, como ya estábamos divorciados, le dije... –hizo una pausa y los dos sonrieron porque se había reprimido y no había dicho una grosería–. Le dije que me daba igual lo que creyera. Le sugerí que viviera aquí, pero ella quería vivir en la ciudad. Al final, la alquilé.

–¿No pensaste en vivir tú aquí?

–Lo pensé durante un tiempo, pero no era lo mismo sin Katia. Pensé en conservarla para Roman, pero parece que va a vivir en Rusia.

–¿Irás a verlo allí?

–Claro –afirmó él, aunque se ponía enfermo solo de pensarlo. Había jurado que no volvería–. No he perdido a mi hijo.

Ni siquiera había hablado aún con su abogado. Y estuvo a punto de decir a Alina lo que lo estaba destrozando.

Pero no podía decírselo a nadie.

Ni siquiera a Roman.

Recordó las palabras de Nadia:

«Piénsalo, por favor. No te pido que sea para siempre, solo que volvamos a estar juntos».

Nadia no lo quería. Le gustaba llevar su apellido, su dinero... Y cuando Roman cumpliera los dieciocho, el dinero se le acabaría.

¿Otro matrimonio sin amor?

Demyan se lo había planteado.

¿Otro caro divorcio?

También lo había pensado.

No era agradable, pero si implicaba mantener la vida que había construido con su hijo en el país que ya consideraba suyo...

No.

Volvió a mirar a Alina.

–¿Has tenido una relación importante con alguien?

–No –contestó ella mirándolo.

–¿Puedo preguntarte por qué?

–No lo sé. Sabía que mi padre se había acostado con la mitad de las mujeres del pueblo y me aterrorizaba que tuviera hermanastros a los que no conocía. Eso me quitaba las ganas.

Demyan rio.

–Cuando pierdes la timidez, eres muy graciosa. ¿Por qué no te has acostado con nadie?

–Realmente, no lo sé. No me atraen los hombros fuertes y musculosos, lo cual es una pena porque los hombres pálidos e interesantes no son... –lo miró–. ¿Con qué clase de hombre crees que debería adquirir experiencia?

Demyan no quería pensar en ella con otros hombres, pero trató de imaginarse al hombre ideal para Alina.

No pudo.

O, mejor dicho, sí pudo, pero la imagen que apareció en su mente fue la suya propia.

—A tu edad, yo estaba divorciado y con un hijo de cinco años.

—Ya lo sé —replicó ella. Tras unos segundos añadió—: ¿por qué os separasteis Nadia y tú?

Nadie le había hecho esa pregunta, pero ella era lo bastante inconsciente o lo bastante valiente como para hacérsela.

—Yo no estaba haciendo bien las cosas.

No era del todo cierto, pero era algo de lo que no había hablado con nadie, ni siquiera consigo mismo.

Alina jugueteaba con el salero sin mirar a Demyan. Se le resbaló de las manos y cayó un poco de sal en el mantel. A él se le formó un nudo en la garganta, pero trató de no hacerle caso. No era lógico creer que un poco de sal derramada podía causar un desastre, pero, al cabo de tantos años, volvió a oír a su madre gritándole y sintió la bofetada en el rostro por aquel accidente sin importancia. Frunció el ceño cuando vio que Alina tomaba un pellizco y lo lanzaba por encima de su hombro izquierdo.

—¿Qué haces?

Ella le sonrió avergonzada.

—Ya sabes que dicen que derramar sal trae mal suerte.

—¿Y eso lo contrarresta?

—Se supone que sí.

Él tomó otro pellizco de sal para hacer lo mismo.

—Por el hombro izquierdo —dijo ella—. Es donde el demonio se sienta.

Él la miró a los ojos, vio su rostro sonriente y se relajó un poco.

—Mi madre era muy supersticiosa. Mucho.

Alina dio otro mordisco al bollo.

Demyan no se lo había contado a nadie. La primera vez que lo había mencionado en su vida fue en la nota que le dejó a Alina. Nadia no lo entendía. Se reía de las viejas supersticiones y ponía botellas de vino vacías en la mesa. Demyan aprendió a no reaccionar, a no demostrar debilidad.

—La mujer que habló anoche... Por un momento pensé que éramos hijos de la misma madre.

—Lo siento —dijo ella, y se sonrojó porque estaba hablando con la boca llena. Tragó rápidamente y bebió un sorbo de agua—. Perdona.

Él sonrió.

—Todo te da vergüenza. Incluso cuando eres amable, te disculpas por no...

—Ya lo sé. ¿Estaba muy mal tu madre?

Demyan se tumbó y cerró los ojos durante unos segundos. Pensó en no contárselo, pero estar en la granja, haber pedido a Roman, el discurso de la mujer de la noche anterior... No pudo hacerlo.

—Si le hubiera contado a alguien lo mal que estaba mi madre, se la hubieran llevado. Así que traté de mantenerla a salvo.

—¿Cómo?

—Será mejor que no lo sepas.

—Quiero saberlo.

—Túmbate a mi lado —le pidió él, no porque quisiera sentirla cerca, sino porque no quería ver cómo reaccionaba.

Se lo contó. No todo, solo lo suficiente para que se hiciera una idea de la locura en que había estado inmerso.

—Siempre me gritaba y me arrastraba hasta un espejo. Todo eran malos presagios, todo nos llevaría di-

rectamente al infierno. Cuando bebía, los rituales...
–Demyan negó con la cabeza ante la imposibilidad de
describir todo aquello–. Era una locura.

–Y criar a Roman, ¿te ha resultado difícil después
de lo que sufriste?

–No, fue fácil. Me guié por una norma muy senci-
lla: hacer justo lo contrario de lo que hacía mi madre.
Si a Roman le asustaba la oscuridad, en vez de alentar
ese miedo, encendía la luz y le leía un cuento; si lloraba, lo abrazaba; si derramaba sal, la recogía.

–¿Cuántos años tenías cuando tu madre murió?
–preguntó ella, con lágrimas en los ojos.

–Trece.

–¿Y tu padre?

–No sé nada de él.

–¿Nada en absoluto?

–Que era pobre. Teniendo en cuenta cómo vivía-
mos, supongo que mi madre no cobraba mucho a los
hombres.

En ese momento, Demyan se dio cuenta de por qué
le estaba contando todo aquello a Alina.

Para horrorizarla. Para que le pidiera que recogie-
ran y volvieran al coche.

Era lo que él esperaba, porque ella era inocente.

Pero, en lugar de eso, ella volvió a sentarse y dio
otro sorbo de agua.

Él la observó mientras se pasaba la lengua por los
labios, y no fue un gesto seductor. Pero él lo sintió así.

–Parece que estaba muy enferma –afirmó ella.

–Estaba muy débil a causa del alcohol.

–Parece que estaba muy enferma –repitió ella.
Pensó en lo que él le acababa de decir: que su madre
no cobraba mucho a los hombres–. ¿Es por eso que
nada te asusta?

–¿A qué te refieres?

–A mí me asusta todo, tal vez porque estuve muy protegida. Solo éramos mi madre y yo y, después, en el colegio únicamente había niñas.

–¿Estamos hablando de sexo? –a Demyan le encantó que ella se hubiera sonrojado hasta la garganta. Y pensó en sus senos. Se había excitado solo de pensar en lo tímida que era.

–Sí.

Hablaban de sexo.

Alina volvió a tumbarse.

–No creo que a los hombres... –vaciló.

–Continúa.

–No creo que les guste a los hombres.

–Te equivocas.

–O, si les gusto, no quieren que los vean conmigo.

–Alina, se trataba de trabajo.

–De todos modos, no quisiste que...

–Te equivocas. Claro que quería, pero tú hubieras creído que era una cita.

–No.

–Sí, hubieras pensado que era nuestra primera cita y te habrías disgustado al ver que no había una segunda.

–¿Cuántas segundas citas has tenido?

–Pocas. Pero un día conocerás a un buen hombre, solo necesitas seguridad en ti misma, experiencia...

–Es la pescadilla que se muerde la cola. Es como intentar encontrar empleo.

–Ahora trabajas para mí –se miraron a los ojos y a ella se le hizo un nudo en el estómago–. De ahora en adelante, no tendrás problemas para conseguir el empleo que quieras.

Y en cuanto al sexo, Alina se merecía algo más que el mero intercambio que suponía para él.

–Eso sí, no te enamores de mí.

–Demasiado tarde –a ella le resultó sorprendentemente fácil ser sincera mientras estaba tumbada junto al hombre más sexy que había conocido–. Lo hice cuando nos besamos.

–No seas tan sincera.

–No suelo serlo, pero no te preocupes, no eres mi tipo.

–¿No soy lo bastante pálido e interesante?

–Eres demasiado interesante. Pero reconozco que me he encaprichado de ti.

–Eso está bien. A mí me ha pasado lo mismo.

–¿En serio? –ella sonrió y lo miró.

–De todos modos, no podemos. Me he dejado la chaqueta en el coche.

–Seguro que hay otras cosas que podemos hacer –ella volvió a sonreír–. De todos modos, tomo la píldora.

–En primer lugar, cuando no se dispone de preservativos no hay que dar esa respuesta; en segundo, lo que necesitas es un hombre que te haga el amor, que... –la miró a los ojos–. De lo único que hablamos ahora es de sexo.

–Lo he entendido: una secretaria con prestaciones.

Esa vez, él no sonrió, porque, a pesar de sus atrevidas palabras, Alina no entendía que él no quería intimidad ni manifestaba ternura, que era lo que los ojos de ella anhelaban.

–Una clase de sexo –le propuso Alina.

Estaba muy excitada. Notaba la humedad entre los muslos.

–Nada de sexo –respondió él. Pero, mientras aproximaba la boca a la de ella, pensó que podía enseñarle un par de cosas–. Solo un maravilloso orgasmo.

Alina pensó que su lengua sabía a cerezas. ¿O era la de ella? Después dejó de pensar y se centró en la deliciosa sensación de sus manos jugueteando con sus pezones.

Demyan había visto muchos senos, pero nunca había tocado pezones tan grandes como los de Alina, por lo que estaba deseando vérselos. Le quitó la camiseta.

–¿Qué has hecho ya? ¿Hasta dónde habías llegado antes?

–Hasta ahí –contestó ella mientras la mano de él le subía por la falda–. Pero hasta ahí, no –añadió cuando Demyan introdujo la mano en las braguitas.

–¿En serio?

Ella no fue capaz de contestarle. Nunca había experimentado nada tan maravilloso: la presión y el deslizamiento de sus dedos mientras la besaba en la boca. Tal vez debiera sentir algo extraño; sin duda tardaría más tiempo. Era imposible que estuviera a punto de alcanzar el clímax.

–Demyan...

Los dedos de él no se detuvieron, sino que llegaron al centro de su feminidad.

Le dolió y le resultó delicioso a la vez. Y, de haber sido un hombre, todo habría acabado ahí, porque ella se retorcía y le apretaba la mano con los muslos. Demyan se sintió orgulloso de haberla hecho alcanzar el clímax tan deprisa.

–Lámemelos –dijo mientras sacaba la mano y se la acercaba a la boca. Y sus lenguas se encontraron al hacer él lo mismo. Demyan sintió el deseo de probarla y bajó la cabeza para hacerlo, pero ella se le adelantó.

–Quiero verte –dijo Alina. Respiraba con dificultad.

Demyan sintió su mano torpe en la entrepierna. Él nunca había ido a tientas, ya que su primera experiencia sexual había sido con una mujer mayor que él que le había enseñado lo que debía hacer.

¿Qué hacía allí?, se preguntó mientras ella, en vez de bajarle directamente la cremallera de los pantalones, comenzaba a desabotonarle la camisa.

Alina pensó que tenía la piel más bonita que había visto en su vida. Le recorrió el pecho con los dedos, bajó hasta el estómago, y él alzó las caderas. Le bajó los pantalones e iba a hacer los mismo con los boxers cuando él la detuvo.

–Sácamelo.

A él le gustó su nerviosa ansiedad y sus dedos suaves que le recorrieron el miembro antes de sacárselo. Entonces, él se bajo los boxers.

Alina no había visto nada tan hermoso, cálido, tenso y fuerte. Se levantó cuando ella lo tocó con los dedos, que se cerraron en torno a él.

Manos virginales, pensó él mientras lo acariciaba suavemente. Él cerró la mano en torno a la suya para enseñarle el ritmo. Después la soltó, pero ella perdió el ritmo. Alina vio que Demyan apretaba los dientes, por lo que trató de concentrarse más.

–¿Así? –preguntó al oírle gemir suavemente. Se pasó la lengua por los labios y, al verlo, él estuvo a punto de acabar.

–¿Puedo probarte? –volvió a preguntar ella.

–Después –contestó él mientras le paraba la mano–. Voy a enseñarte cómo se alcanza un buen orgasmo cuando el idiota de turno no tiene preservativos. En este caso, el idiota soy yo.

La tomó por las caderas y la puso encima de él.

A Demyan no le gustaba que la mujer estuviera encima porque le gustaba controlar la situación. Pero en aquel caso seguía haciéndolo.

–¡Oh! –exclamó ella al sentirlo duro, pero suave, entre los muslos. Después, Demyan comenzó a deslizar repetidamente la punta del miembro por sus braguitas. Ella comenzó a mover las caderas sin darse cuenta y a presionar hacia abajo la cálida punta al chocar con las braguitas empapadas–. Demyan...

–No pasa nada –tuvo ganas de parar, dejarla donde estaba, correr hasta el coche, agarrar la chaqueta, ponerse un preservativo y romperle las bragas.

–Demyan... –repitió ella.

Le ardía la cara, pero no tanto como le ardía allá abajo. Acercó la mano y sintió la humedad de él y la seda mojada de las braguitas.

–¿Soy yo o...?

–Los dos –estaba tan sin aliento como ella.

A ella le encantó ver cómo se concentraba; a él, mientras ella se inclinaba hacia delante, la vista de sus senos cerca del rostro, pero no lo suficiente para alcanzarle un pezón con la boca.

Ella comenzó a retorcerse, y él la embistió con fuerza agarrándola por las nalgas hasta que ella se echó totalmente hacia delante y sintió su cara sudorosa en el cuello. Ella lanzó un grito, y él se detuvo por un único motivo.

Tenía que poseerla.

Rodó con ella para ponerla boca arriba, la besó en la boca y en la cara hasta que ella se calmó.

–Voy a ser el primero –le dijo.

Ella asintió débilmente. Él se arrodilló a su lado, agarró la botella de agua y se la dio para que bebiera. Después, le bajó las braguitas.

–¿Me debería depilar? –preguntó ella.

–Te depilaré yo esta noche, si quieres –replicó él,

aunque rápidamente recordó que no habría nada más
entre ellos después de aquella tarde.

–Tengo que trabajar.

–Ya veremos –afirmó él sin saber muy bien por
qué.

Alina sintió su cuerpo sobre el de ella y su muslo
separándole los suyos.

–¿Me va a doler mucho?

–¿Cómo quieres que lo sepa?

Ella pensó que bromeaba.

No lo hacía.

Demyan nunca se había acostado con una virgen ni
había hecho el amor sin protección.

No había tenido sexo, se corrigió.

Ella volvió a sentir sus dedos en su centro empa-
pado y sintió tres golpecitos de su miembro antes de
que la penetrara.

Fue un dolor delicioso. Ella alzó las caderas. Le
dolía menos que saber que aquella sería la primera y
la última vez. Gimió dentro de su boca, y él la penetró
más profundamente e hizo lo que intentaba no hacer:
perderse en un mar de sensaciones.

–Pronto te acostumbrarás.

–No quiero acostumbrarme –gimoteó ella. ¿Cómo
podría la sensación de tenerlo dentro dejar de ser ma-
ravillosa? ¿Cómo iba a convertirse en algo familiar
aquel ritmo que trataba de seguir?

–Lo harás –afirmó él.

Se dijo que aquel caso no era distinto, que se estaba
demorando para disfrutar del cálido cepo que lo tenía
atrapado y para asegurar que ella también obtuviera
placer.

Pero ella ya lo estaba experimentando.

Al principio, creyó que le había dado un calambre

en la parte superior de los muslos. Al sentir la tensión trató de moverse, de escapar, de relajarse, de estirarse... No sabía qué hacer. Cruzó los tobillos detrás de los de él, elevó las caderas y experimentó un profundo clímax, con la boca de Demyan en su cuello.

Después, mientras el pulso le volvía a la normalidad, se le volvió a acelerar al oír un ruido. Era Demyan que la embestía con rapidez de forma deliciosa y abrumadora mientras le decía palabras incomprensibles que la hicieron girar en un torbellino y la liberaron para lanzarla después en caída libre. Mientras él alcanzaba el clímax, ella lo hizo de nuevo y acabó diciendo su nombre, aunque consiguió no pronunciar otras dos palabras.

Unas palabras que carecían de sentido, pensó Alina, mientras doblaba la manta y trataba de no mirar a Demyan a los ojos.

¿Cómo podía querer a una persona a la que la semana anterior no conocía?

Demyan también se sentía extraño en el camino de vuelta al hotel. Después de tener sexo, solía darse una ducha y tomarse el café matinal.

No estaba acostumbrado a recoger mantas y cestas de picnic y a quitarse briznas de hierba del cabello.

Sabía que habían llegado demasiado lejos, o que él lo había hecho, y que tenía que dar marcha atrás.

Al entrar en Sídney examinó los rascacielos, como siempre hacía, buscando su casa.

—¿No echarás de menos la vista? —preguntó ella.

—No.

—¿No vas a volver nunca? ¿No lo vas a echar de menos?

—No he vuelto a Rusia y no lo echo de menos.

Pararon en casa de Alina, y él fingió no haber visto

cómo se le hundían a ella los hombros al ver que no intentaba besarla.

En vez de bajarse del coche, se volvió hacia él.

–Demyan...

–No –la interrumpió él, y le recordó que solo había sido una clase de sexo–. Así que ahora te bajas y te despides agitando la mano.

Nada le hubiera resultado más fácil que continuar con la clase, pero pensó que sería ridículo y cruel.

No volvería a acercarse a ella.

De hecho, prefería que se fuera.

Capítulo 8

A LA MAÑANA siguiente, Demyan estaba de muy mal humor y no prestó atención a Alina. Por la tarde, ella se alegró de escaparse del hotel para ir al ático de Demyan a comprobar que todo estaba listo para la visita de los posibles compradores al día siguiente, que era sábado.

–No te molestes en volver –dijo él– ya que tienes que estar allí mañana por la mañana.

–Todavía tengo que comunicar al casino que...

–Puedo ocuparme de mi vida social solo, Alina. Hasta el lunes.

Lo que sucediera entre el viernes y el lunes determinaría el futuro de ambos.

Y leer en la prensa dominical sobre el fin de semana salvaje de Demyan y volver el lunes a comprobar las consecuencias no era algo que el corazón de Alina pudiera soportar.

–Demyan...

–Estoy ocupado.

Alina no podía dejar de pensar en él ni en la tarde que habían pasado. No era tonta, sabía que no podía durar eternamente, pero no entendía cómo había acabado esa misma tarde antes de llegar al coche. No comprendía cómo podían haber estado tan unidos y, unos segundos después, totalmente distanciados.

¿Se arrepentía de haberse acostado con él?

En absoluto.

Simplemente no lo entendía.

En el ático, miró su cuadro colgado en la pared.

–¡Vaya! –exclamó Libby al entrar.

–¿No es adecuado para la habitación?

–Claro que sí, la habitación está mucho mejor que antes. Vendrán mañana a las nueve, así que, si llegamos a las siete, tendremos tiempo de recibir las flores y controlar los últimos detalles. Y, por favor, déjame que mande a alguien a limpiar ese dormitorio.

–No.

–¡Son miembros de la realeza! –exclamó ella mientra subían a la azotea con jardín.

La vista era espectacular.

Alina se preguntó cómo podría Demyan soportar tener que marcharse.

Miró el cielo y cerró los ojos al sentir el sol y la brisa en la piel. Esperaba en secreto que una guitarra y unos cuantos envoltorios tirados por el suelo disuadieran a los posibles compradores, porque, si la casa se vendía al día siguiente, todo habría acabado.

–Alina...

Se volvió hacia Libby.

–¿Te encuentras bien?

–Por supuesto.

Mientras recorrían las habitaciones por última vez, Alina se detuvo en el dormitorio de Demyan y se perdió en la belleza del cuadro que había pintado.

No era cuestión de vanidad. A veces le resultaba increíble que el trabajo que hacía fuera suyo.

El cuadro la inducía a creer en la magia.

Y magia era lo que se había producido bajo el sauce llorón.

***

Después de salir de casa de Demyan, en vez de dirigirse a la suya como él le había dicho, decidió volver al hotel.

Él apenas le prestó atención cuando llegó.

–Demyan, estaba...

–¿No te he dicho que te fueras a casa? –solo entonces la miró–. Podía haber habido alguien conmigo. No te necesito para nada.

Demyan sabía que mentía. Nunca había necesitado una vía de escape tanto como en aquel momento, pero no pensaba utilizar a Alina.

Nadia acababa de mandarle un SMS. Una semana después, Roman estaría en un avión; al día siguiente, era probable que el ático se hubiera vendido. Necesitaba a Alina esa noche, pero haría lo imposible para no ceder a la tentación.

–Te llamaré mañana después de la visita de la pareja.

–Que me llame Libby. Vete. Y no te preocupes, te pagaré como si hubieras trabajado hasta las cinco.

–¿Podemos hablar?

–No. ¿Por qué las mujeres siempre quieren hablar cuando no hay nada que decir?

–Lo entiendo, pero el otro día... –tragó saliva–. Si te citas con alguien este fin de semana, quiero que sepas que no repetiremos lo del otro día.

–No tengo intención de repetirlo. Búscate un buen tipo para hacer el amor –se le puso la carne de gallina al pensarlo–. Uno que te susurre cosas bonitas y no tenga prisa.

–¿Y si no es eso lo que quiero?

–Alina, parece que no entiendes que me porté bien porque era tu primera vez.

–Entonces, ¿no te gustó? ¿Lo hiciste todo por mí?

–Así es.

–Caramba, Demyan. Nunca pensé que tu vocación solidaria fuera tan lejos –le sonrió, incrédula–. Pues gracias por la donación. No era consciente de lo mal que lo pasaste –dejó de sonreír y frunció el ceño–. ¿Qué significa que te portaste bien?

–Será mejor que no lo sepas.

–Cuéntamelo. Tal vez los dos queramos lo mismo.

–Entonces, deja de hablar y ponte de rodillas.

La miró y vio que apretaba los labios y los ojos se le llenaban de lágrimas, pero de lágrimas de ira.

–Para mí es así de sencillo –afirmó él–. Eres tú quien complica las cosas.

–No te creo.

–¿Sigues hablando? –la agarró de la mano y se la llevó a la bragueta, pero ella se soltó–. Ya deberías estar de rodillas.

–¡Muérete! –exclamó ella mientras se dirigía a la puerta.

No volvería el lunes siguiente. Demyan lo sabía y lanzó un gemido cuando ella salió.

Agarró el móvil y llamó a Roman. Volvió a saltar el buzón de voz.

–Roman, no sé por qué no hablamos, pero aquí estoy por si cambias de opinión. Llámame a cualquier hora, por favor.

Después, realizó otra llamada y volvió a saltar el buzón de voz.

–Mikael, llámame.

Se sentó y se sirvió un coñac mientras esperaba la llamad de Mikael. Hacía tiempo que eran amigos, pero Demyan había llevado todo el proceso de divorcio sin ponerse en contacto con él. No necesitaba que le dijera los derechos que tenía sobre su hijo.

–¿Por qué has tardado tanto? –preguntó Mikael, que lo llamó inmediatamente. Tenía menos escrúpulos que Demyan e iba directamente a la yugular.

–¿Nos vemos?

Quedaron en un bar que se fue llenando de gente, por lo que subieron al restaurante, situado en la planta de arriba, que estaba vacío.

–¿Qué quiere hacer Roman? –le preguntó Mikael cuando Demyan le contó que Nadia y él se iban a Rusia.

–No lo sé. No quiere hablar conmigo, y no sé por qué.

–Tiene catorce años. ¿No es eso una razón?

–No –Demyan siempre había tenido buena relación con su hijo–. No quiere hablar desde que Nadia anunció que se volvía a casar y que se iban a Rusia.

–¿Y por qué dejas que lo haga? ¿Por qué no te enfrentas a ella?

–Porque me ha dicho que tal vez Roman no sea hijo mío.

–¿Y no quieres averiguarlo?

Demyan negó con la cabeza.

–Cuéntamelo desde el principio.

–No hace falta que sepas la historia entera.

–¿Quieres mi consejo? –Demyan asintió de mala gana–. ¿Usaste protección?

–Siempre –afirmó, pero hizo una mueca al recordar lo que había sucedido con Alina.

–¿Pero...?

–Tal vez no lo hice de la manera adecuada.

No recordaba esa noche con Nadia, pero un preservativo se había roto y tal vez la hubiera penetrado

unos segundos antes de ponerse otro. Después no recordaba los detalles.

–Y ahora, ella dice...

–No me importa lo que diga ahora. Quiero saber lo
que pasó entonces.

Demyan no quería pensar en aquel tiempo en que
seguía pensando en ruso y le dolía la cabeza después
de un día hablando en inglés.

–Era agradable poder hablar en ruso, y era fácil
acabar en la cama. Unas semanas más tarde, me dijo
que estaba embarazada. Yo era muy joven y, como me
había acostado con ella, cargué con las consecuencias
y nos casamos.

–¿Y nunca dudaste de ella?

–No.

–Dos años después, os divorciasteis. ¿Por qué?

–Porque sí.

Le resultaba muy difícil hablar de ello con Mikael,
sobre todo porque en su fuero interno sabía que no iba
a poder ayudarlo.

–Nos divorciamos porque mi futuro prometedor
tardaba en hacerse realidad. Poco después del divorcio, las cosas comenzaron a irme bien; después, muy
bien. Y Nadia me pidió que volviéramos a estar juntos. Sigue queriéndolo. Siempre me he negado.

–¿Siempre? Tienes que decirme la verdad.

–Siempre. Cuando algo ha concluido para mí, no
cambio de opinión.

–¿Qué pensión le pasas?

–La que es justa. No quiero entrar en cifras.

Pero Mikael sí quería.

–Nadia no ha trabajado en su vida, viene de la calle
como nosotros. ¿De dónde saca el dinero para vivir como
lo hace?

–De mí. No quiero que a mi hijo le falte de nada. Nadia lo ha educado bien.

–Con tu dinero.

–Por supuesto.

–Entonces, ¿qué hubiera pasado cuando Roman cumpliera dieciocho años?

Demyan se encogió de hombros. No le gustaba aquella conversación ni hacia dónde se dirigía.

–Que hubiera dejado de darle dinero a Nadia.

–¿No se lo has dejado de pasar ya? –Mikael tuvo el valor de sonreír ante la expresión sombría de Demyan–. Te dice que Roman no es hijo tuyo y le sigues firmando los cheques.

Mikael tenía la solución.

–El lunes le diré que, si se lleva a Roman a Rusia, le reclamarás hasta le último centavo de lo que le has pagado durante todos estos años, hasta el último dólar que te has gastado en criar a un bastardo...

No pudo acabar. Demyan le dio un puñetazo en la cara. Mikael rio y se lo devolvió.

–Eres idiota. Nadia te trata como si lo fueras y se lo consientes.

Lo que siguió no fue muy agradable. Demyan perdió los estribos, pero a Mikael no le importó. Hacía tiempo que no habían tenido una buena pelea.

–Como en los viejos tiempos –dijo Mikael mientras la policía los separaba.

Dijo a la policía que no quería denuncia a Demyan y que tampoco lo haría el restaurante, teniendo en cuenta el cheque que les estaba extendiendo.

Mientras la policía se llevaba esposado a Demyan para que se tranquilizara en una celda, Mikael le dijo:

–No malgastes mi tiempo hasta que estés dispuesto

a enfrentarte a Nadia. Entonces, y solo entonces, llámame.

Alina estaba entrando en su casa de vuelta del trabajo cuando le sonó el móvil.

–Le habla el agente Edmunds, de la comisaría de policía de King Cross.

Alina se quedó de piedra al enterarse de que Demyan se había peleado.

–Parece que tiene usted un juego de llaves. El señor Zukov ha perdido el suyo.

Estuvo tentada de decir al agente que Demyan ya no era su problema, pero al oír la música que había en el piso decidió que era una buena razón para volver al centro de la ciudad.

La razón no podía ser que siguiera deseando a Demyan después de lo que le había dicho.

–No parece que te alegres de verme –dijo él mientras un policía le devolvía el cinturón y la corbata, se los metía en el bolsillo y firmaba un documento.

Alina estaba sentada, esperándolo. ¿Cómo podía estar tan guapo? Tenía un ojo morado, heridas en los nudillos y el traje roto.

Miró a su alrededor mientras se levantaba.

–No es precisamente la idea que tengo de una noche divertida.

–Estoy ampliando tu mundo –afirmó él mientras se dirigían al coche de ella.

–Prefiero que no lo hagas.

–Pues no es eso lo que me habías dicho.

Ella puso el intermitente izquierdo para dirigirse al hotel. Sabía que Demyan se refería a la conversación previa que habían tenido allí, pero no mordió el anzuelo.

Él se inclinó y puso el intermitente derecho.

–Llévame a casa. Siento haberte llamado tan tarde.

–No es verdad.

Ella tenía razón: no lo sentía en absoluto porque, de no estar ella allí, a saber dónde estaría él. Su mundo se le había desmoronado y quería que todo volviera a su sitio.

–Me he peleado con...

–Me da igual –lo interrumpió ella al tiempo que se decía que quería que se bajara del coche, dejarlo en su casa y, después de la visita de los posibles compradores al día siguiente, no tener que volver a verlo.

Demyan no se dio por aludido y siguió hablando.

–Me he peleado con Mikael, mi abogado.

–Muy inteligente por tu parte –afirmó ella mientras sonaba el móvil de Demyan.

–Mikael...

Demyan habló durante unos minutos. Alina no lo entendió, y no porque hablaran en ruso, sino porque la conversación parecía amistosa.

–Ha llamado para saber cómo estoy.

Alina se encogió de hombros.

–Lo que te dije antes en el hotel...

–Fue una grosería.

–Pero necesaria. Te mereces a alguien menos... Aunque no lo entiendas, trataba de protegerte. No soy tierno, no...

–Lo fuiste –afirmó ella con voz ronca–. En la granja.

Él agachó la cabeza. Le dolía el cuerpo de la pelea, le dolía el corazón por su hijo, y lo único que le quedaba eran sus millones.

Llegaron al edificio, ella apagó el motor y sacó las llaves de Demyan.

–Sube –dijo él, que no podía soportar la idea de estar en su casa ni tampoco la de no estar en ella.

–No, gracias.

–Tienes que subir. No recuerdo el código de seguridad.

–Mentiroso.

–Sube –repitió él.

–¿Para qué? Tal vez se me ocurra hacer algo indescriptible como hablar, tal vez...

A Demyan se le quebró la voz al decirle la verdad.

–Ya sabes para qué.

Lo sabía. Sintió un delicioso temor al bajarse del coche porque estaba a punto de conocer al verdadero Demyan, al que tanto ansiaba descubrir.

–Demyan...

–No tengo ganas de hablar.

–Entonces, ¿por qué me has llamado?

Él no contestó. Se limitó a hacer un gesto con la mano cuando se abrió la puerta del ascensor.

–Adelante.

–Estoy segura de que el portero te hubiera abierto. O podrías haber vuelto al hotel. Si lo que quieres es sexo sin importancia ni significado, ¿por qué me has llamado?

–Ya lo sabes.

Ella parpadeó. Se le ocurrió que tal vez él le estuviera diciendo que esa noche no era sexo sin importancia lo que deseaba.

Alina salió primero del ascensor, y él la siguió. Ella sintió sus ojos clavados en la espalda.

Cuando tecleó el número de la alarma, le temblaron las manos por un motivo distinto al de la primera vez. Demyan se había pegado a ella. Sentía su erección contra las nalgas. Él le había puesto las manos en los senos.

–Demyan, no creo que...

–No digas nada.

La besó en el cuello mientras le quitaba la camiseta. Era como un animal salvaje. Alina nunca había sentido nada parecido a la pasión que ardía detrás de ella. Él le quitó el sujetador.

Alina quería que se detuviera, que fuera más despacio, darse una ducha...

–He estado trabajando, Demyan.

–No discutas.

No fue esa orden lo que hizo que dejara de hablar, sino los dedos de él deslizándose dentro de la falda y apretándole el centro de su feminidad. Trató de darse la vuelta, pero él se lo impidió. Y cuando aflojó la presión, ella no quiso. Él se arrodilló, y ella lo imitó.

Si Alina no hubiera estado tan excitada, se habría asustado, pero, en el estado en que se hallaba, no podía negarle nada.

Oyó que él se bajaba la cremallera. Después, le subió la falda y le bajó las braguitas.

–Demyan... –estaba temblando porque sabía que él podía hacerle cualquier cosa.

Él le acarició las nalgas, y ella cerró los ojos para entregarse al hombre más temible y hermoso, en quien, en aquel momento, no tenía más remedio que confiar. Abrió los ojos y la boca cuando él la penetró.

Demyan comenzó a embestirla, y ella a mover las caderas para ir al encuentro de su deseo.

Alcanzó dos veces el clímax; la segunda fue tan intensa que estuvo a punto de ponerse a andar a gatas para alejarse de él, pero Demyan la agarró con fuerza.

–Alina... –él perdió la cabeza durante unos instantes y dijo cosas que no pretendía mientras llegaba al clímax: que la quería, que estaba loco por ella, que lo había salvado, todo en ruso–. Vamos –dijo saliendo de ella y tomándola en brazos como si no pesara nada.

Alina no pronunció palabra. Era incapaz de andar. No sabía que era la primera mujer a la que él había subido en brazos por aquellas escaleras y depositado en la cama. Lo observó mientras se desnudaba. Lo miró a los ojos.

Él se tumbó a su lado y la besó.

–Duérmete –le dijo.

Sorprendentemente, ella lo hizo.

Él también se durmió, pero solo un par de horas. Se despertó y miró a Alina durmiendo a su lado. Le dolían las costillas, pero se giró hacia ella para contemplarla mejor.

Si Alina no hubiera ido a buscarlo, volvería a estar en una celda.

Quiso despertarla a besos, hacerle el amor lentamente, pero no era de los que hacían esas cosas y, además, ella dormía plácidamente.

Se levantó, se enrolló una toalla a la cintura y se puso a deambular por la casa.

Ni siquiera se molestó en encender las luces.

Conocía el ático como la palma de su mano.

Era el único sitio, aparte de la granja, que había sentido suyo. Los hoteles eran todos iguales. En aquel ático estaba su hogar.

Fue al dormitorio de Roman y vaciló al ir a abrir la puerta.

Le había dicho a Alina que no quería saber si lo habían limpiado. Sabía que las supersticiones eran eso, cuentos de viejas. Pero se había criado con ellas, oyendo a su madre repetirlas sin parar.

Tenía una mente lógica para los negocios, pero res-

piró aliviado al abrir la puerta y ver que la habitación
estaba tal como la había dejado su hijo.

Alina había entendido lo mucho que significaba el
ritual. Incluso Nadia, que era rusa, se había reído
cuando Demyan le dijo que dejara la habitación de
Roman como estaba una vez que habían tenido que
hospitalizarlo.

Nadia.

Su mero nombre lo ponía enfermo.

Se sentó en la cama y tomó la guitarra de su hijo.
Miró una foto de Nadia y recordó lo que le había dicho:

«La regla ya se me había retrasado cuando me acosté
contigo».

Roman era suyo. Nunca lo había dudado ni por un
momento.

Miró las fotos de su hijo.

Era introvertido como él. Le gustaban las palabras.
Y a veces le gustaba encerrarse en su habitación y estar solo.

¿Era así por naturaleza o por educación?

Demyan dejó la guitarra y salió de la habitación.
Volvió a acostarse, pero no se durmió.

La alarma del móvil de Alina sonó a las seis de la
mañana. La habitación estaba a oscuras. Miró la espalda de Daniel y le pareció que estaba despierto.
Cuando sus ojos se acostumbraron a la penumbra, vio
los moratones. Le puso la mano en el hombro. Estaba
tenso.

–Demyan...

Él cerró los ojos mientras le masajeaba los hombros. Se puso boca abajo y dejó que sus manos lo ali-

viaran mientras lo besaba en el cuello. Se dio la vuelta y la miró.

–Voy a hacer café.

–Demyan...

Alina no lo entendía. Sabía que se había excitado. Había sido aceptable cuando él iba a enseñarle lo que era el sexo, pero parecía que no lo era en aquel momento. Quería hacer el amor pero, al igual que Demyan, no estaba dispuesta a suplicarle.

–Con dos cucharaditas de azúcar –dijo ella.

Él la besó en la boca.

–Me recuerdas a mí, pero en una versión mucho más agradable –dijo mientras se levantaba.

–No estoy segura de que eso sea un cumplido.

–Pues lo es –se puso los vaqueros–. Será mejor que me vista para no asustar a los que traigan las flores.

Mientras ella seguía acostada, preparó el café. Se alegró de que fuera a venir gente esa mañana porque le hubiera resultado muy fácil volver a la cama y comenzar de nuevo.

Alina le inspiraba muchos sentimientos, pero prefería no analizarlos.

Ella, sin embargo, quería hablar. Y sería más sencillo hacerlo fuera de la cama.

–Demyan... envuelta en una toalla, estaba a punto de bajar las escaleras al piso de abajo, donde él se hallaba con las tazas en la mano, cuando la puerta se abrió y un adolescente airado los miró con ojos acusadores.

–¿Es esta la razón de que no pelees por mí?

–¡Roman! –gritó Demyan mientras las tazas iban a parar al suelo.

Pero su hijo no estaba dispuesto a escucharlo. Se dio la vuelta, después de insultar a Alina llamándola prostituta, y echó a correr.

–¡Roman!

Alina se metió a toda prisa en la habitación y se sentó en la cama. Oyó que la puerta principal se cerraba de un portazo y que Demyan la abría, sin volverla a cerrar, para salir corriendo tras su hijo.

La alarma saltó, y Alina salió disparada a teclear el código. Mientras lo hacía, llegó Libby, que la miró sorprendida al verla envuelta en una toalla mientras su uniforme de camarera estaba tirado en el suelo.

Alina lo recogió y se vistió. Las flores llegaron mientras estaba haciendo la cama.

Trató de dejarse ver lo menos posible mientras la pareja de posibles compradores veía el piso. No había ni rastro de Demyan.

–No han sido muy explícitos –le dijo Libby cuando la pareja se hubo marchado–. En cuanto sepa algo, te lo diré.

–Gracias.

–Alina... –Libby se había dado cuenta de lo incómoda que estaba y trató de tranquilizarla–. Ya está olvidado, no ha ocurrido.

No debía haber ocurrido.

Demyan volvió cuando ella estaba a punto de marcharse, sin importarle si él tenía llaves ni cómo entraría.

Estaba lívida.

–¿Tienes idea de lo embarazoso que ha resultado para mí?

–Alina, era mi hijo...

Ella no estaba de humor para hablar de su vida personal.

–Pues es tan mal hablado como su padre. ¿Cómo se ha atrevido a insultarme?

No estaba dispuesta a ser razonable. Había sido una

situación horrible de la que nadie tenía la culpa, pero no tenía ganas de reconocerlo.

–Me voy.

–¿Adónde?

–¿Adónde crees? A mi casa. Pero, claro, no sabes lo que es eso, ya que vas a deshacerte de la tuya.

Se quedó parada esperando a que le dijera que no se fuera, que la llevaba a casa, que llamaba a un taxi... Pero era evidente que Demyan estaba más que acostumbrado a las exigencias silenciosas de una amante enfadada y a no hacerles ni caso.

–Entonces, ¿no te quedas a tomar café?

Ella tuvo ganas de abofetearle.

–Adelante –dijo él al verle los puños cerrados.

Pero en vez de pegarle, soltó un sollozo y salió corriendo.

En el autobús, camino de su casa, Alina se dijo que se lo había buscado mientras recordaba a las mujeres llorosas que había visto el primer día saliendo del hotel.

¿Por qué pensó que sería distinto en su caso? Él iba a marcharse. Lo estaba ayudando a vender su casa. Había sido una estúpida al pensar que las cosas serían diferentes.

Demyan no estaba acostumbrado a sentirse tan inquieto. Cuando debería estar pensando en la conversación que acababa de tener con su hijo, se hallaba tumbado en la cama mirando el techo.

–Ya basta –dijo en voz alta.

No tenía intención de ir a buscar a Alina. Estaba mucho mejor lejos de él. Miró por primera vez el cuadro que ella había colgado. ¿Qué le había hecho a la pared?

¡Bastaba para desanimar a cualquier comprador!

Alina había dicho que la habitación necesitaba algún detalle femenino, pero lo que colgaba en la pared era un pezón ampliado.

¿O era un ovario?

Demyan no entendía de arte y apenas se fijaba en los cuadros. Y, si lo hacía, no daba su opinión. Pero esa cosa de la pared le resultaba tan fascinante que se levantó de la cama y se acercó para verla mejor.

¿Cómo podía ser sexy una flor? Pues lo era. Le recordaba el vestido que Alina había llevado. Miró la firma.

Alina.

Capítulo 9

ERA una noche de mucho trabajo, y era difícil sonreír y ser cortés al hablar de los platos especiales del menú cuando solo podía pensar en Demyan.

A Alina le dolía el corazón, aunque también el cuerpo de haber hecho el amor, pero, para no disgustar a Pierre, se forzó a sonreír.

—Alina, deprisa, ve a la mesa cuatro. Ha vuelto.

Ella se volvió y el corazón le dio un vuelco.

Allí estaba Demyan, sonriendo.

—¿Qué quieres?

—¿Quieres que te responda aquí? —contestó él. Entonces vio que a ella le brillaban los ojos a causa de las lágrimas.

—Tenías razón. No sirvo para esto.

—¿A qué te refieres?

—Dentro de un par de semanas, te habrás ido.

—Pero podrían ser unas semanas estupendas. Quiero conocerte mejor, Alina. Quiero saber de qué te escondes.

—No me escondo.

—¿Qué es lo más arriesgado que has hecho en la vida? Yo te lo diré: volver anoche conmigo a casa.

—Ahora me parece una estupidez.

—¿Lo lamentas?

—No.

–Entonces, vuelve a arriesgarte.

–Tengo que trabajar.

–Después de trabajar –ella negó con la cabeza–. Quédate conmigo el tiempo que me queda de estar aquí –imitó una tijeras con los dedos de la mano–. Es hora de cortar la red de seguridad.

–Si quisiera consejo psicológico, serías la última persona a quien se lo pediría.

–¿Qué te lo impide, Alina? ¿Qué te impide pasártelo bien y vivir como deseas? Puedes hacerlo.

Ella cerró los ojos.

¿Podía hacerlo? ¿Cómo?

–Sé tú misma.

–Lo soy.

–No lo suficiente –como había visto sus cuadros, sabía que había en ella mucho más–. Pero todo se andará. De momento, ¿qué menú hay hoy?

–Un ruso promiscuo y una ingenua granjera.

–Parece muy apetitoso.

–Lo es –sacó la libreta para tomar nota–. ¿Qué quieres de cena?

–Elige tú. Sorpréndeme.

–Dudo que pueda hacerlo.

–Seguro que puedes.

–¿Qué quiere Dios? –preguntó Pierre cuando Alina se hubo alejado de la mesa de Demyan. Ella se lo dijo.

Glynn llevó a Demyan un cóctel.

–«Nada que perder» –dijo sonriendo. Alina lo imitó, y él le hizo una seña para que se acercara.

–¿Qué lleva?

–No tengo ni idea. El nombre me ha parecido adecuado.

–Sabe muy bien –le tendió la copa a Alina, pero ella la rechazó.

–Estoy trabajando.

Sintió los ojos de él clavados mientras seguía trabajando. Tenía miedo de ir al cuarto de baño porque estaba segura de que la seguiría. Comenzó a servirle la cena.

–Vamos a empezar directamente por el postre. Es lo mejor del menú

–¿Te gusta la *crème brulée*?

–Sí, pero esta es a la lavanda. Está deliciosa, pero es contundente.

–¿Un capricho?

–Un capricho ocasional. Espero que te guste.

–Tráeme otra.

Toda la noche la estuvo provocando, jugando con ella. Se sintió aliviada al terminar sin haber roto un plato. Salió del restaurante, y él la recibió con un beso en la boca.

–Te deseo.

–Necesito ir al servicio.

–Y yo necesitaba que hubieras ido durante la cena –Demyan se echó a reír–. Sé mala, Alina.

–No puedo.

–Ahora estás en mi mundo.

–¿Y cuándo duermo?

–El lunes a las ocho de la mañana –respondió él entre besos apresurados y apasionados–. Te arroparé en la cama del hotel y te pagaré por dormir. ¿O te parece inadecuado?

–No –susurró ella, pero, al sentir que la mano de él le subía por la falda, lo detuvo–. Eso sí es inadecuado.

–Muy graciosa. ¿Qué quieres hacer?

–No lo sé –estaba eufórica porque él había vuelto. Tenerlo, aunque fuera por poco tiempo, era una delicia. Esa vez, no malgastaría el tiempo con su timidez.

Tenía un par de semanas para estar con el multimi-
llonario más guapo del mundo, y no iba a pararse ante
nada.

—Quiero ir a la inauguración del casino.

—¿Qué más? Dímelo, no te reprimas. ¿Cómo crees
que es una noche en mi mundo?

—No lo sé... Sexo en la playa...

—Puedes hacerlo mejor.

Demyan la miró a los ojos. Tenía la mirada trans-
parente, no calculadora. Ella podía haberle pedido jo-
yas, y no hubiera sido por el dinero, sino por escapar,
por...

Buscó la palabra en su cerebro, pero no la encontró
porque hasta entonces no había existido en su voca-
bulario.

Diversión.

Él iba a fiestas y hacía lo que le daba la gana.

Pero nunca había buscado nada tan sencillo como
divertirse.

—¿Qué te gusta hacer cuando no eres secretaria ni
camarera? —Demyan le sonrió y esperó su respuesta,
pero ella siguió resistiéndose, y él dejó de presionarla.

—Venga —la besó en la punta de la nariz mientras la
tomaba de la mano—. Vamos al casino.

—No he contestado a la invitación que te enviaron.

—Mejor, así haremos una entrada triunfal.

—¿Puedo darme una ducha?

—No, así seguirás oliendo a sexo.

Una multitud se había agolpado en torno al casino
para ver la llegada de los ricos y famosos a la inauguración del lujoso complejo.

Demyan y Alina pasaron en el coche por delante

de la alfombra roja, donde la policía trataba de contener a la multitud, y se detuvieron en una puerta lateral.
Alina se dio cuenta de que tendría que bajar.

–Eres una canalla –susurró ella.

–¿Quieres recorrer la alfombra roja con el uniforme
de camarera?

–Claro que no.

–Entonces, ve a elegir algo que ponerte.

Dos robustos guardias de seguridad estaban abriendo
la puerta.

–No sé qué ponerme.

–La otra noche no tuviste problemas para elegir
–Demyan abrió la cartera y le dio una tarjeta–. Ve a
que te peinen, a lo que sea. Te esperaré aquí.

–Demyan, la otra noche...

Él esperaba que le dijera que el vestido lo había hecho ella, pero Alina se limitó a negar con la cabeza.

–No se trata de dinero.

–No tiene nada que ver con el dinero, sino con lo
que piensas de ti misma –afirmó él sin hacer caso de
la expresión de incomprensión que tenía ella–. Te espero aquí.

El complejo estaba lleno de tiendas a las que Alina
nunca habría imaginado que entraría si él no la hubiera estado esperando.

Primero buscó un aseo, donde se lavó rápidamente.
Decidió mandar los nervios a paseo, salió y fue a una
boutique.

–Necesito un vestido para esta noche.

–¿Tiene una idea de lo que desea? –le preguntó una
sonriente empleada al tiempo que le enseñaba uno que
a Alina le pareció una gran capa negra.

–Me gustan los colores –afirmó mientras miraba un
vestido en tonos lilas y verdes, que fue el que eligió.

Sí, le encantaban los colores, pensó mientras la peinaban y maquillaban.

Después, fue a por los zapatos. Trató de decidirse entre dos pares.

–Me llevo los dos.

Mientras salía del recinto y se montaba en el coche creyó que Demyan no la reconocería.

Pero lo hizo.

Le dijo en ruso lo mismo que le había dicho la noche en que fueron a la cena de solidaridad cuando ella le abrió la puerta de su casa con aquel vestido maravilloso.

–¿Tienes algún problema con mis pezones?

–No –dijo él, y le contó lo que verdaderamente significaban sus palabras en ruso–. Significan que estás preciosa. Lo estabas entonces y lo estás ahora.

Y ella se sintió hermosa.

Al enfilar la alfombra roja, Alina se mareó con las cámaras y los gritos de la gente.

La multitud reconoció a Demyan, pero ¿quién lo acompañaba agarrada a su brazo?

–Tus amigos se llevarán una sorpresa –afirmó él mientras bailaban, ya que al día siguiente estarían en todos los periódicos.

–No me reconocerán –respondió ella, y se sobresaltó al pensar que Demyan lo había hecho, que ni su familia ni sus amigos habían visto la imagen de sí misma con la que se sentía más a gusto.

Fueron hacia la zona de juego. La gente se volvía a mirarla.

–Voy a ganar –afirmó ella cuando él besó el dado que tenía en la mano y su lengua le rozó la piel.

Estaba convencida.

Esa noche, ganar era inevitable.

–¡No! –gritó al ver que la suerte no le había favorecido.

–Prueba otra vez.

Ella volvió a gritar cuando los dioses siguieron negándose a estar de su lado.

–Otra vez.

La gente comenzó a arremolinarse en torno a ellos mientras ella ganaba. Demyan la besó.

–Me muero de ganas de estar a solas contigo –le susurró él.

–Yo también.

–No puedo esperar.

–Yo tampoco.

Se besaron como dos salvajes mientras el ascensor subía. Demyan estuvo a punto de poseerla en el vestíbulo. Ella distinguió vagamente a un mayordomo que se apresuró a desaparecer mientras entraban por una puerta abierta.

Casi antes de cerrarla, él la penetró con una urgencia y un frenesí tales que ella apenas pudo levantar las piernas debido a la fuerza con la que la tenía inmovilizada.

–¡Por Dios, Alina!

Fue maravilloso. Ella no tuvo ninguna queja, ya que se puso a gritar el nombre de Demyan mientras alcanzaba el clímax tan rápidamente como él.

Al acabar, se sintió confusa.

Estaba tumbada mirando el techo, con Demyan sobre ella y todavía en su interior. Giró levemente la cabeza y miró a su alrededor.

Estaba en una suite muy lujosa, pero no era la que conocía, aunque se parecía.

Tardó un instante en darse cuenta de que él debía de haber reservado una en el hotel del casino.

¿A quién se le ocurría reservar dos suites presidenciales a la vez?

Se inquietó al darse cuenta de que ni siquiera había sabido dónde estaba.

Capítulo 10

LA VOZ de Demyan hablando por teléfono despertó a Alina. Hablaba en un inglés salpicado de palabras rusas. Alina supo que hablaba con su hijo. Cuando él acabó, se sentó en el borde de la cama.

—Era Roman.

—Qué bien.

—Quiere que nos veamos, probablemente para tener otra bronca. No sé cuánto tardaré.

—No pasa nada. Está muy bien que te haya llamado.

Él asintió levemente con la cabeza. Ella contuvo el aliento mientras esperaba que le dijera algo, que la dejara echar una breve ojeada a esa parte de su vida.

—Lo echarás de menos...

Él no contestó.

—¿Puedo preguntarte...?

No llegó a terminar la frase porque la mirada de él le indicó que no podía hacerle preguntas sobre su hijo.

—Me has dicho que sea yo misma. Pues quiero hacerte algunas preguntas.

—Alina... —Demyan quería contárselo, pero ¿cómo hacerlo? Era un secreto muy peligroso.

—¿Qué? Has dicho mi nombre. Normalmente se añade algo más.

—Esta vez no —Demyan se levantó y fue a besarla, pero ella apartó la cabeza.

La noche anterior había sido la mejor de su vida, pero esa mañana se sentía humillada.

Trató de volverse a dormir, sin resultado.

Pidió que le subieran el desayuno a la habitación, pero solo picoteó algo.

¿Tenía que quedarse allí tumbada y esperar? Estaba segura de que él no regresaría, y, si lo hacía, ¿con qué fin?

Ciertamente, no para hablar.

En ese momento, la llamó Libby para decirle que habían hecho una oferta por la casa, y era tan buena que Alina no pudo rechazarla.

–Se lo comunicaré a Demyan –dijo.

Se había acabado.

Se levantó y agarró el vestido.

Demyan, por supuesto, lo había rasgado.

Como no iba a ir con el pecho al aire, llamaría a recepción para que le subieran algo de ropa y lo cargaran en la cuenta sin fondo de Demyan.

Se metió en la ducha y comenzó a sollozar bajo el agua.

Y no lo hizo por la noche anterior, sino por el día siguiente, el otro y el otro.

Por Demyan.

Él entró en la suite, se sentó en la cama y la oyó sollozar. Demyan ocultó la cara entre las manos y lloró. Después de lo que Roman le había dicho, su estado de ánimo era semejante al de Alina.

En otras circunstancias, ella se habría sentido avergonzada de que la hubieran oído llorar, pero al volver al dormitorio, aunque se sobresaltó al ver a Demyan, el pesar que mostraba su rostro era tan evidente que no tuvo tiempo de avergonzarse.

Asustada, corrió hacia él. Durante unos instantes, creyó que su hijo había muerto.

—Eres la única persona con la que puedo hablar de esto —afirmó él con voz ronca. Reconocerlo lo desconcertó.

Nunca había pedido consejo a nadie.

Pero tratándose de su hijo, su orgullo no le impidió pedir ayuda.

—Por primera vez en mi vida, no sé qué hacer.

La vida había sido una sorpresa constante para ella desde que lo había conocido, pero tal vez fuera aquella la mayor.

—Cabe la posibilidad de que Roman no sea mi hijo.

—Seguro que lo es.

—Puede que no.

—Haceos una prueba de ADN.

—Y después, ¿qué?

Se levantó, asombrado de haber sido capaz de revelar su secreto a Alina. La miró mientras ella se ponía una bata.

—¿Lo sabe Roman?

—No. Me ha preguntado por qué consiento que se vaya a Rusia, por qué no peleo por él. Cree que no lo quiero.

—Pues tienes que decirle que no es así.

—Como si fuera tan fácil...

—No, no lo es.

—Hace tiempo que Nadia quiere que vuelva con ella.

Alina intentó no hacer caso del miedo que volvía a atenazarla.

—Cuando me negué a hablar con ella, me dijo que iba a casarse con Vladimir y a llevarse a Roman a Rusia. Le contesté que eso no ocurriría. No quiero que

Roman se vaya a Rusia. Su hogar está aquí. Sé que Nadia trataba de ponerme celoso. Le dije que hablaría con Mikael, que quería que mi hijo acabara la escuela aquí y que decidiera por sí mismo cuando tuviera dieciocho años, pero hasta entonces... Entonces, me dijo que había una elevada probabilidad de que Roman no fuera hijo mío. Para enfrentarme a ella legalmente, tengo que saber si Roman es mío.

–Ya lo es.

La afirmación de ella lo dejó parado, y Alina continuó.

–Eso no cambiará nunca. Estabas allí cuando nació, según me dijiste. Todos los recuerdos y los momentos que habéis compartido no se borrarán por una simple prueba biológica.

–No se borrarán para mí. Pero ¿y si las cosas cambian para Roman? No soportaré perderlo.

–Pero él cree que no estás haciendo nada para que se quede aquí y, en ese sentido, ya lo has perdido.

Demyan no veía una solución. Estaba acostumbrado a controlarlo todo, pero, en aquel momento, cuando se trataba de lo más importante de su vida, se veía con las manos atadas.

–Creo que debieras hablar con él y contarle la verdad –afirmó ella.

–¿Eso crees? –preguntó él en tono desdeñoso. Pero ella no se arredró.

–¿Quieres saber mi opinión o no?

Quería saberla.

–Aquí no –estaba harto de hoteles.

Quería ir a casa.

Capítulo 11

DEMYAN no había recibido consejo sobre cómo ser padre.

Se había dejado guiar por su instinto.

Por eso no había consultado a ningún abogado durante su divorcio. Sorprendentemente, tampoco Nadia lo había hecho, ya que sabía que el trato le era muy favorable.

Demyan tampoco prestaba mucha atención a los artículos periodísticos que se escribían sobre él.

Por eso, el hecho de escuchar a Alina era un cumplido mucho mayor de lo que ella pudiera imaginar.

Aunque rechazara lo que le decía, que hubiera una conversación entre ambos podía considerarse un milagro.

Pidieron comida, bebieron vino, discutieron, deambularon por las habitaciones y analizaron el detalle más importante.

Su hijo.

Y Alina descubrió que cuando Demyan quería a alguien era para siempre.

—Se marcha mañana. No puedo decirle que puede que no sea mi hijo.

—Lo entiendo. Sé que le dolerá.

Estaban en la habitación de Demyan. Este miraba por la ventana cuando Alina le contó su secreto.

—Cuando me pillaste usando tu ordenador, era a mi

padre a quien buscaba. Le pedí que fuera mi amigo. Tendría que haberme respondido de inmediato, tendría que haberse pasado los últimos veintiún años de su vida tratando de formar parte de la mía. Y tú estás expulsando a Roman de la tuya.

–No.

–Él lo ve así. En su opinión, no lo quieres lo suficiente para luchar por él.

Él reconoció que tal vez fuera así, pero no lo manifestó. Necesitaba reflexionar. La sola idea de contar a su hijo la verdad lo superaba.

–¿Puedes hablar con Nadia?

–Ya no hablamos, aunque seguro que cuenta con que lo intente. Estoy convencido de que tiene un as en la manga.

–Han hecho una oferta de compra muy buena por la casa. Libby llamó esta mañana, después de que te hubieras ido.

–Teniendo en cuenta quiénes son los compradores, supongo que no habrán pedido pagar a plazos.

Era un chiste muy malo, y ninguno sonrió.

–No tengo más remedio que dejar que Roman se vaya. Puede que en el futuro podamos hablar...

Alina respiró hondo.

–¿Establecerás tu base en Rusia en vez de en Sídney?

Él no contestó. Ella le puso las manos en los hombros, pero él, por instinto, los alzó para que las retirara.

–¿Por qué llorabas? –preguntó él. Quería saber más de ella, de la mujer que tal vez fuera capaz de hacerle cambiar de opinión.

–Creo que los dos lo sabemos.

–Dímelo.

–Porque nuestra relación acabará pronto –afirmó ella.

Le rogó con la mirada que le dijera que no era necesariamente así, que le diera un rayo de esperanza. Pero él la besó con urgencia y deseo mientras se desnudaban. La empujó hacia la cama y optó por no pensar en nada que pudiera hacerle daño.

Alina lo desafió. Sus besos eran lentos. Ni su boca ni su cuerpo manifestaban la urgencia de los de Demyan, porque ella quería algo más que sexo rápido. Se dedicó a explorar cada centímetro de la piel masculina, como si, con la boca, se la quisiera grabar en el cerebro.

–Alina...

Ella lo besó en los ojos, y fue el beso más íntimo que Demyan había consentido a alguien en su vida. Comenzaba a pisar un terreno desconocido. Se tumbó de espaldas, y ella lo besó en la mejilla y en la barbilla. Él trató de alcanzarle la boca, pero ella se resistió.

Volvió a besarlo en los ojos, y él no pudo soportar la felicidad que experimentó. Pero no podía sucumbir, por lo que se puso a hablar para que ella se detuviera.

–Sé que eres una artista, pero no tienes agallas para mostrar tu arte a los demás.

Ella no estaba dispuesta a ceder a la provocación, no iba a detenerse: exploraría cada centímetro de su cuerpo. Sus lágrimas cayeron sobre los labios de él a modo de aviso. Demyan se calló y dejó que ella siguiera descendiendo por su cuerpo.

Alina le rozó los pezones con los labios y después se los lamió. Él comenzó a respirar agitadamente mientras, con las manos, trataba de empujar la cabeza de ella hacia abajo.

Pero ella no cedió.

Había llegado al estómago. Besó con fuerza la piel pálida mientras él seguía tratando de empujarla hacia abajo. Pero ella se detuvo en el vello. Demyan apretó los puños.

–¡Alina!

Ella no hizo caso de sus protestas. Su boca siguió descendiendo hasta llegar a su masculinidad, que sostuvo y exploró a su gusto mientras él trataba de introducírsela en la boca. Ella se limitó a besarla suavemente en la punta.

–Voy a enseñarte cómo se hace –dijo él, pero ella se negó a ser una de sus marionetas.

–No me hace falta. Nunca he probado esa parte de ti, y quiero hacerlo lentamente.

Fue lo más delicioso que había probado, y se regodeó en ella. Embriagada por su íntimo olor, fue trazando círculos con la lengua en torno a ella. Pero Demyan no quería que su boca se moviera con tanta lentitud.

–¿Por qué no te relajas? –le preguntó ella.

–Porque, si lo hago, la tierra se abrirá, el cielo...

–No.

Ella lo besó en la boca, pero él apartó la cara.

–Prefiero que me pongas la boca en otro sitio.

–Pues muy mal –afirmó ella, a quien ya habían dejado de ofender sus palabras–. Quiero besarte.

–Y yo quiero un orgasmo.

–¿Qué prisa tienes? –preguntó ella. Pero volvió a bajar al encuentro de su dura y anhelante masculinidad.

Demyan quería rendirse, seguir tumbado y dejar que ella hiciera lo que quisiera. Lo deseaba tanto que incluso lamentó empujar la cabeza de Alina para que descendiera, porque sus besos eran dulces.

Ella lo lamió suavemente, alzando la cabeza en vez de bajarla cuando él elevaba las caderas. Lo estaba volviendo loco. Quería obligarla a que concluyera rápidamente, pero ella no cedió.

La agarró del cabello y trató de guiarla con la mano. Quería acabar.

—Si vuelves a empujarme la cabeza —dijo ella—, te ataré las manos a la cama.

—Será más bien al revés.

Ella sonrió y siguió besándolo y lamiéndolo al tiempo que trataba de ser fuerte, de ser ella misma, de no rendirse a un hombre que se negaba a rendirse. Le encantaba su sabor, así como comprobar que trataba de no retorcerse y mantenerse inmóvil. La tensión fue en aumento. Lentamente, ella fue tomándolo cada vez más profundamente, pero se apartó de él y sopló. Y cuando estaba a punto de ceder, de tomarlo del todo, de rendirse a su voluntad, él se le adelantó.

La agarró y rodó con ella para tumbarla de espaldas. Ella se rio excitada mientras él la agarraba de las muñecas por encima de la cabeza.

Ella siguió riéndose cuando le separó los muslos.

Él sintió cómo se retorcía sin dejar de reírse, cómo ardía debajo de él y cómo comenzaba a alcanzar el éxtasis.

—Para siempre —dijo mientras latía dentro de ella. La besó en la boca. Por primera vez, estaba incluyendo a una mujer que conocía en su futuro, introduciéndola en su mundo.

—No lo hagas —dijo ella—. No digas cosas de las que después te vayas a arrepentir.

—Tal vez lo diga en serio.

—Ahora, pero después lo lamentarás.

—¿De qué tienes miedo?

–¿Quieres que te diga la verdad? –él asintió–. Tengo miedo de pasarme el resto de la vida buscando a un hombre y preguntándome si me reconocerá si volvemos a vernos –intentaba no llorar–. Sigo buscando a mi padre. El día que tú y yo nos conocimos, cuando estabas comiendo, yo me estaba tomando un sándwich...

–Un perrito caliente –le corrigió él.

–¿Me estabas mirando?

–No podía apartar la vista de ti. Sigo sin poder hacerlo.

El efecto del orgasmo estaba desapareciendo, pero los sentimientos de Demyan seguían ahí. Sintió alivio al oír que sonaba el interfono, ya que estaba a punto de volver a decirle que la quería.

–¿Roman? –gritó, porque solo él podía entrar marcando el código de seguridad. Se puso algo de ropa mientras Alina se levantaba a toda prisa, se ponía la falda y buscaba desesperadamente el sujetador al tiempo que oía a alguien subiendo la escalera

–Soy yo, Demyan –dijo Nadia y, totalmente desnuda, entró en la habitación.

Capítulo 12

NO FUE que Nadia estuviera desnuda lo que dejó petrificada a Alina, sino la mirada que le dirigió.

Desdeñosa, muy desdeñosa.

Sin decir una sola palabra, Nadia le había comunicado que no pintaba nada allí.

–Demyan, *ya khochu...* –empezó a decir Nadia.

–¡No se trata de lo que tú quieras! –gritó él al tiempo que traducía–. Habla en inglés delante de Alina.

–Quiero que volvamos a estar juntos, que volvamos a ser una familia. Creo que he cometido un tremendo error –Nadia comenzó a sollozar–. Lo que te dije de Roman es mentira. Quería ponerte celoso, que reaccionaras...

–¿Has venido para decirme que me has mentido? Te presentas aquí, en mi habitación... ¿Cómo has conseguido el código?

–Me lo dio Roman porque también él quiere que volvamos a estar juntos. No deseo separarlo de ti.

Fue demasiado para Alina, que lanzó un sollozo y salió corriendo.

–¡Alina! –gritó él mientras corría tras ella. La alcanzó en las escaleras.

–No tengo por qué oír ni por qué ver eso –estalló ella–. Hace años que estás divorciado.

–Ya sabes los motivos por los que está aquí –Alina era la única persona a la que se lo había contado. La imploró con la mirada que entendiera.

–Tu exesposa está desnuda en tu dormitorio.

–Esto no tiene nada que ver con ella –dijo él y, para demostrárselo, recogió la ropa que Nadia había ido dejando en las escaleras.

–Vete –le dijo Demyan en un tono que solo un estúpido se atrevería a contradecir. Y Nadia no lo era.

–Nos vamos mañana –dijo ella mientras le enviaba un beso–. Pásate a despedirte, si quieres.

Alina subió a la planta de arriba, recuperó el sujetador y se lo puso dando la espalda a Demyan.

–Tenemos que hablar.

–Eso tiene gracia viniendo de ti.

–Tenemos que hablar –repitió él.

–Entonces, contéstame: ¿has pensado en volver con ella? –lo miró a los ojos.

–No.

–Odio que me mientas.

–Y yo que no me dejes otra opción que mentirte. Si digo que sí, saldrás corriendo antes de que haya acabado la frase. ¿De qué huyes, Alina?

–¡De ti! –gritó ella–. De todo esto. No puedo soportarlo ni quiero hacerlo.

–Voy a decirte por qué huyes de mí: porque te hago ser tú misma. Al huir de mí, huyes de ti misma. ¿Por qué llevas puesto un traje de chaqueta e intentas ser secretaria?

–¿Que lo intento?

–No se te da muy bien.

–Eres un canalla.

–Claro que lo soy, pero, si hubiera dicho lo mismo de tu arte, me habrías abofeteado.

–No quiero hablar de mi pintura.

–No, quieres mantenerla oculta en un armario o colgada en la pared de una casa ajena cuando lo que deberías es enseñársela al mundo entero.

–Pues te equivocas. He alquilado un puesto en el mercado.

–En el mercado... –Alina no podía haber elegido una palabra más degradante para Demyan. Su mente retrocedió treinta años a una vida de hambre y miseria, de los trucos para pagar el alquiler a fin de mes.

–El lugar para exhibir tus cuadros no es un mercado, sino una galería de arte. Puedo...

–Comprarme una carrera, ¿no? Me darás todo y luego me abandonarás –sintió náuseas y trató de contener las lágrimas.

–No soy tu padre, Alina.

–No vayas por ahí –lo avisó ella con el rostro crispado de ira–. No hagas promesas que no podrás cumplir.

–Dime algo, Alina, por favor. Estoy tratando de tomar la decisión más importante de mi vida. Habla, aunque tengamos que pelearnos. No soy el único que tiene cosas que solucionar.

–Pues soluciónalas, pero que sea lejos de mí –Alina negó con la cabeza–. Quiero volver a mi vida.

–Alina...

–Lo digo en serio, Demyan. Quiero irme a casa.

–No es verdad –estaba seguro.

–No quiero seguir por este camino –quería estar a salvo, acabar con aquello para que comenzaran a cicatrizarle las heridas cuanto antes.

Sabía que él se marcharía.

–¿Estás segura?

–Totalmente.

–Yo no suplico.

Ella se marchó. Él quiso llamarla, pero se quedó inmóvil. Durante unos instantes, había tenido la visión fugaz de un mundo distinto, y no sabía si sería capaz de aceptarlo, de aceptar un hogar lleno de risa y de bebés rollizos; si sería capaz de decir a Roman, a la mañana siguiente en el aeropuerto, que siempre tendría un hogar en Sídney, con Alina y con él.

Miró por la ventana. La vista solía calmarle. Pero la magia había desaparecido.

Había sido un estúpido al creer que las cosas podían ser distintas.

Alina tenía razón: alejarse de él era lo mejor para ella.

Capítulo 13

DEMYAN no suplicaba.

Pero Alina hubiera querido que lo hiciera.

Todo acabó el lunes por la mañana, a las nueve y diez.

—¡Bien hecho! —dijo Elisabeth—. Demyan ha llamado para decir lo bien que has trabajado. Te dará excelentes referencias. Llegarás lejos, Alina. Tengo un puesto en una buena empresa. Es para tres meses y a tiempo completo.

—Ya te diré algo —respondió Alina. En condiciones normales no hubiera dejado escapar la posibilidad de trabajar tres meses seguidos.

Debería haberse mantenido firme ante Demyan. Debería haber tenido más fe en su relación.

Cuando sonó el timbre de su piso, el corazón le dio un vuelco. Miró por la ventana y vio el coche de Demyan.

Estuvo a punto de romper a llorar de alivio, pero, al abrir la puerta, quien apareció fue Boris, con una carpeta.

—El señor Zukov le pide que le devuelva las llaves y la tarjeta del ascensor.

—Desde luego —las sacó del bolso y se las entregó.

—Le devolverá los cuadros que le alquiló con derecho a compra cuando se haya confirmado la venta de la propiedad.

–¿Que me alquiló?

Boris le entregó el contrato. Ella lo miró por encima.

–¿Puede transmitirle un mensaje?

–Por supuesto.

–Recuérdele que la peor secretaria que se recuerda le ha vendido la casa en una semana.

Cerró la puerta. Pero decidió que no necesitaba que Boris le transmitiera mensaje alguno, que se lo diría ella misma.

Demyan, por supuesto, había bloqueado su número, lo cual le dolió, le dolió mucho más que cuando su padre había hecho lo mismo.

Durante las dos semanas siguientes, Alina se volvió casi tan supersticiosa como Demyan.

Si apagaba el móvil y no comprobaba si había llamadas durante una hora, sin hacer trampas, él la llamaría.

No la llamaba.

Si estaba alegre y contenta en el restaurante, se daría la vuelta y lo encontraría mirándola.

Nunca sucedía.

Rechazó otra oferta de trabajo de Elisabeth, pero esta insistió.

–¿Qué te parecen dos meses de trabajo en Londres? –le ofreció.

Y contó a Alina que le pagarían el viaje hasta allí y el alojamiento, porque con las referencias de Demyan no había nada que no pudiera conseguir.

–No, gracias.

–Hemos recibido una llamada de la que tal vez puedas encargarte. Parece que Demyan se dejó una chaqueta en la granja.

Alina frunció el ceño. Si no recordaba mal, la chaqueta se había quedado en el coche.

–Normalmente decimos que la envíen por correo, pero, tratándose de Demyan, seguro que prefiere que la entreguen en mano. Serán cuatro horas de trabajo. Si quieres ir en coche hasta allí a recogerla, preguntaré dónde debes entregarla.

–Podría dejarla en el hotel.

Por fin había un motivo para verlo.

–No, ha vuelto a Rusia.

Había sido una estupidez esperar otra cosa.

Sin besos, ni despedidas, ni nada.

Alina se dijo que había sabido desde el principio cómo acabaría aquello. Al fin y al cabo, su primer contacto con Demyan había sido un trío de mujeres llorosas saliendo de la suite.

¿Por qué iba a haber sido distinto con ella?

¿Por qué creyó que lo que había habido entre ellos sería algo más?

Porque había sido algo más; porque en brazos de Demyan se había sentido hermosa, sexy y desvergonzada, pero fuera de ellos volvía a verse con sobrepeso y a sentirse tan tímida como siempre.

–Y han llamado de la agencia inmobiliaria. Los posibles compradores quieren saber qué artista ha pintado el cuadro del dormitorio.

Alina pensó que era Demyan, que trataba de estimular la seguridad en sí misma, de ofrecerle la profesión que deseaba.

–No me acuerdo –respondió.

Fue un viaje muy bonito, a pesar del calor. Recordaba cada curva del camino de la última vez que había estado allí. Y le dolía recordar.

Le dolió aún más llegar a la granja donde había pasado aquella tarde gloriosa con Demyan, ver el río y las ramas del sauce llorón meciéndose en el agua, recordar el sitio en el que él la había poseído y convertido en su amante.

–Alina –Ross parecía mucho más joven y relajado que la vez anterior–. Gracias por venir. Hemos tratado de llamar a Demyan, pero no hemos conseguido comunicarnos con él –entraron en la casa–. Es una chaqueta muy cara.

Alina pensó que probablemente tendría quinientas más, pero le dio las gracias y sonrió.

–¿Quieres quedarte a comer? –preguntó Mary.

–No, gracias –si se quedaba, acabaría por derrumbarse.

Quédate –insistió Mary–. ¿Estás en contacto con Demyan?

–No.

–Queríamos hallar el modo de darle las gracias. Aunque, ¿cómo se agradece algo así?

–¿El qué? –preguntó Alina.

–¡Nos ha regalado la granja!

Era evidente que creían que ella ya lo sabía.

–Me llevé la sorpresa más grande de mi vida –continuó Mary– cuando abrí la puerta y lo vi con todos los documentos en los que no cedía la granja. Pensé que se trataba de un error, pero... –se echó a llorar y Ross continuó.

–Jamás pensé que fuera a hacer algo así. Recuerdo que era un adolescente hosco y taciturno y que, al conocerlo, le dije a Mary: «Nos traerá problemas». Qué equivocado estaba. Nos ha salvado dos veces.

Alina se quedó a comer. Ross y Mary querían contarle sus recuerdos y ella quería oírlos, quería saber todo sobre Demyan.

—Cuando empezó a vivir aquí, robaba comida –afirmó Mary–. Katia no sabía adónde iba a parar toda esa comida, hasta que un día la encontró almacenada en su habitación –sonrió–. Creo que ninguno de nosotros sabía lo que era pasar hambre.

—¿Se llevaban bien Demyan y su tía?

—Acabaron por llevarse bien. Katia estaba muy orgullosa de él. Recuerdo el día de su boda. Fue duro, porque a Katia la acababan de diagnosticar su enfermedad.

Siguieron hablando durante horas. Al final, Alina estaba exhausta.

Al ir a despedirse, con la chaqueta de Demyan en la mano, les preguntó:

—¿Puedo darme un paseo?

—Por supuesto –Mary le sonrió–. Debes de echar de menos el campo. Lo llevas en la sangre.

—Entonces, adiós.

Caminó hasta el río y se deslizó debajo del árbol. Siempre recordaría aquel sitio y cómo le había hecho Demyan el amor.

Ocultó la cabeza en el forro de la chaqueta de él y lloró hasta quedarse sin lágrimas; lloró como nunca lo había hecho y como nunca lo volvería a hacer.

Apartó las ramas y miró la casa en la que Demyan había vivido de adolescente, la misma en la que había pensado en criar a su hijo. Pero Nadia tenía otras ideas.

Alina no.

Se había atrevido a soñar, pero allí terminaba el sueño.

Se había imaginado a ella y a Demyan con el bebé, pero eso ya no sería posible.

–Ya encontraremos otro sitio –dijo en voz alta mirándose el vientre.

El periodo se le había retrasado y tenía los senos hinchados y doloridos.

No había confirmado aún el embarazo por miedo, pero sabía que estaba embarazada.

Echó la chaqueta al asiento trasero del coche.

Tenía que seguir adelante.

Capítulo 14

ALINA pensó que el mundo no era amable. En un mundo amable se seguirían ciertas normas. En la sala de espera de un médico solo debería haber revistas antiguas, no revistas del corazón recientes con fotos de Demyan y su hijo sonriendo en el frío invierno ruso.

Pasó la página y miró una foto en la que aparecía brindando con Nadia y Roman.

Pero ¿era feliz?

Demyan no se reía con facilidad, pero en esa foto lo hacía.

¿Le resultaría todo más fácil a Alina si pensaba que él estaba actuando, que había preferido volver con Nadia antes que perder a Roman?

—¿Señorita Ritchie?

Alina se levantó al oír su nombre y siguió al médico a la consulta.

—Estoy embarazada.

Como era evidente, el médico no se lo creyó porque ella se lo dijera, por lo que Alina le entregó una muestra de orina y le dio los datos que le pedía mientras esperaban que se produjera el cambio de color de la prueba de embarazo.

—En efecto, lo está —el médico vaciló y miró a su pálida paciente—. ¿Debo felicitarla?

–Tal vez otro día. Ahora me resulta difícil. Estaba tomando la píldora, pero... –se encogió de hombros.

No había tendido una trampa a Demyan, pero era fácil olvidarse de una pastillita blanca cuando te disponías a recorrer la alfombra roja y te estabas enamorando, a pesar de que te habías jurado no hacerlo.

–El padre del niño... –la tanteó el médico.

–Ha vuelto con su exesposa.

Era una triste historia que el médico, sin lugar a dudas, habría oído muchas veces.

–Sigue teniendo responsabilidades –afirmó el médico.

Alina negó con la cabeza.

–¿Se lo ha dicho?

–Se ha ido al extranjero. Estaba de paso en Australia.

Un día tendría que decirle a su hijo quién era su padre, pero el futuro le parecía muy lejano.

Lo bueno de tener el corazón partido, de tener insomnio, había sido el desarrollo de su trabajo artístico.

Se había sumergido en él.

Dejó el piso en que vivía con Cathy y alquiló un pequeñísimo apartamento, que, aunque fuera pequeño, era suyo, sin nadie que la molestara ni fiestas por la noche.

En sus cuadros se encontraba a sí misma día tras día.

Pero tenía cosas que solucionar. Demyan tenía razón.

También buscaba a su padre en sus cuadros, aunque no lo conociera.

Después, su corazón volvía a Demyan.

Pintaba sin parar y lloraba mientras pintaba la historia de su relación con Demyan, pero eran lágrimas sanas que la hacían madurar.

Tan enfrascada se hallaba en el trabajo, que estuvo a punto de no oír el teléfono.

—Alina, soy Elisabeth. Me acaba de llegar una oferta estupenda: dos meses en Dubai y una sustanciosa prima al acabar.

Alina tragó saliva.

Era una cuantiosa cantidad de dinero, y el embarazo aún no se le notaba. Podía volver ocho semanas después sin problemas, salvo porque ya había alquilado un puesto para mostrar su trabajo. Lo más sencillo sería aceptar, pero casi vio la sonrisa de Demyan al optar por la opción más fácil.

—¿Alina?

—Es una oferta estupenda, Elisabeth, pero voy a tener que rechazarla. Estoy ocupada en otras cosas.

Después, estuvo a punto de llamar a Elisabeth. Aunque todavía pudiera seguir trabajando un tiempo en el restaurante, ser madre soltera y trabajar de camarera no era una buena combinación. Podía marcharse a Dubai y concentrarse en su arte cuando el bebé hubiera nacido.

Estaba tan indecisa que al sonar el teléfono respondió de forma automática. Oyó una voz que le aceleró los latidos del corazón.

—Alina, espero que no te importe que te llame. Solo quería saber si estás bien.

Era mentira, aunque no del todo. Quería saber si estaba bien, pero, sobre todo, necesitaba oír su voz, una voz que siempre lo tranquilizaba.

Pero no ese día.

—¿Por qué no iba a estarlo, Demyan? —preguntó ella con voz dura y amarga—. Ah, perdona se me olvidaba que debería estar sufriendo por ti.

—Alina...

–Hecha un ovillo en la cama o ahogando las penas en alcohol. Siento decepcionarte.

–Nunca lo has hecho.

Ella cerró los ojos porque lo había dicho con voz ronca, lo que indicaba que también él sufría.

Para hacerse fuerte, Alina tomó la revista que se había llevado del consultorio del médico y miró las fotos.

«Te odio, Nadia», se dijo.

Alina no había experimentado ese sentimiento en su vida, pero miró a Nadia y sintió una oleada de odio ante una mujer que usaba a su hijo de peón.

Y como no aplicaba un doble rasero, no utilizaría a su hijo del mismo modo.

Le contaría a Demyan lo del niño cuando hubiera superado lo sucedido, cuando pudiera hacerlo sin venirse abajo.

–¿Qué quieres, Demyan? –al ver que él no contestaba, dio rienda suelta a su amargura–. ¿Cómo está Nadia?

–Alina, sé lo que parece...

–No sabes nada –respondió ella entre dientes, y le colgó.

Capítulo 15

DEMYAN oyó el clic del teléfono, y la cuerda de salvamento que necesitaba se cortó.

Tal vez fuera lo mejor.

Había viajes que era más fácil compartir, aunque tal vez fuera mejor hacerlos solo. Y él era mucho más fuerte que antes.

No le había dicho a Roman dónde estaba. Cuando llegara el momento, lo llevaría allí para que visitara la tumba de su abuela.

De pie frente al montículo de tierra parcialmente cubierto de nieve, esa vez no oyó gritos de protesta de su madre cuando bajaron el féretro, y su corazón estuvo en paz porque ella ya descansaba en el cementerio de la iglesia. Entonces, se puso a recordar, pero no recordó el miedo, sino el amor. Y había habido amor.

Cuando esa vez se alejó de la tumba de su madre, no tuvo la necesidad de mirar atrás.

Ella descansaba en paz.

Acudió a la cita con su hijo y, al verlo, le dijo en ruso, como cuando era pequeño, que lo quería.

—¿Pero...? —preguntó Roman.

—No hay ningún pero.

Sería una conversación muy difícil, pero necesaria. Se habían enfrentado por mentiras los meses anteriores, por lo que la verdad no podría empeorar las cosas.

–Tu madre no quiere que hablemos de esto, pero le he dicho que debemos hacerlo.

La nieve crujía mientras caminaban y el aire era tan frío que hacía daño al respirar, pero las palabras de Demyan no eran frías ni amargas, sino cálidas y afectuosas.

–Me ha dicho algo que creo que ha empleado como arma contra mí, pero que se ha vuelto contra ti y contra mí. Ahora, tu madre y yo apenas hablamos.

–Tú tienes a tu... –Roman vaciló antes de decir «prostituta». Cuando su padre lo había dado alcance, la mañana en que había insultado así a Alina y había salido corriendo, le recriminó duramente por haberle dicho eso–. Tú tienes a esa mujer para hablar.

–Alina. Se llama Alina, pero en este momento... –no acabó la frase.

–Y mi madre se llama Nadia –lo interrumpió Roman.

Demyan se calló al oír la amenazadora voz de su hijo. Era verdad que había dicho cosas desagradables a Nadia, pero nunca en presencia de Roman. De eso estaba seguro. Entonces, el corazón le dejó de latir durante unos segundos cuando Roman se volvió hacia él y se dio cuenta de que no tenía que decir a su hijo la verdad porque ya la sabía.

–Haya lo que haya hecho en la pasado, mi madre se llama Nadia.

Demyan vio que se le llenaban los ojos de lágrimas y se enorgulleció de ellas. Se sintió orgulloso no solo de Roman, sino de haber criado a un hijo que demostraba sus sentimientos de forma natural.

Se dijo que tal vez él mismo no fuera incapaz de hacerlo ya que, mientras Roman seguía hablando, sintió que se le humedecían los ojos.

–Y el nombre de mi padre, haya sucedido lo que haya sucedido en el pasado, siempre será Demyan.

Se afirmó sin palabras, se dijo sin decirlo.

Demyan era el padre de Roman, con independencia de los resultados de un laboratorio.

–Quiero quedarme en Rusia –dijo Roman mientras continuaban caminando–. Quiero conocer mi cultura y aprender mejor la lengua. ¿Lo entiendes?

–Por supuesto –contestó Demyan.

Él nunca había querido volver, pero lo había hecho y veía la belleza de su país con mirada adulta.

Sin embargo, no se sentía en casa.

–¿Quién es Alina?

–Hemos dejado de vernos. Trabajaba para mí –carecía de sentido mentir–. Estuvimos juntos un tiempo, pero no funcionó.

–¿Por qué?

Demyan le respondió que era personal.

–¿Tomamos algo?

Entraron en un bar y se sentaron a la barra.

–Cuando era más joven, antes de que mi madre se pusiera tan enferma, veníamos aquí algunas mañanas. Ella trabajaba en el mercado, y yo venía aquí a tomar gachas de avena.

Roman puso cara de asco.

–Las tomaba con mermelada –prosiguió su padre recordando unos días en los que no había vuelto a pensar. Su madre sonriendo con la cuchara frente a él, tratando de convencerle de que comiera... Recordó también cómo lo tomaba en brazos, revolviéndole el cabello, antes de que la enfermedad hiciera presa de ella.

No, no había hecho lo contrario que su madre con

Roman: los cimientos de su forma de educarle los había puesto Annika. Demyan había conocido el amor y el cariño, pero solo había sido capaz de recordarlo en ese momento.

Mientras les servían las bebidas, Roman, con la torpeza propia de la adolescencia, tiró un salero que había en la barra. Miró a su padre, y aunque Demyan había tratado por todos los medios de no enseñarle a ser supersticioso, vio miedo en los ojos de su hijo. Sonrió, tomó un pellizco de sal y lo lanzó por encima de su hombro izquierdo.

—Yo también lo hago cuando no me ves. Me lo enseñó un amigo.

Demyan sonrió.

—Aquí, en Rusia, no lo hacemos. Pero también a mí me lo ha enseñado una amiga —algo más que una amiga, pensó—. Alina, me lo ha enseñado Alina.

Roman intentó saber más sobre ella porque nunca había visto a su padre con otra mujer.

—Alina es la única a la que has llevado a casa. ¿Ibais en serio?

—No, no íbamos en serio, salvo cuando discutíamos, desde luego.

—No hay mucha gente que discuta contigo.

—No es verdad —dijo Demyan pensando en Mikael. Después pensó en Nadia, pero con ella no discutía, lo cual la ponía furiosa. No discutía con ella porque no le importaba.

En cambio, le importaba Alina.

La quería.

Su móvil sonó en ese momento. Sonrió al responder.

—¿Ha rechazado irse a Dubai? —siguió sonriendo al colgar—. ¡Bien por Alina!

La oferta de trabajo era real, pero se alegró de que no la hubiera aceptado, de que siguiera su propio camino. Miró a su hijo.

–¿Quieres un consejo sobre relaciones sentimentales de alguien que lleva mucho sin tener una?

Roman asintió.

–Soluciona tus problemas personales primero –dijo Demyan. Cómo deseaba haber conocido a Alina al día siguiente o al cabo de una semana, aunque lo más probable era que no hubiera llegado al punto en que se hallaba de no haber sido por ella–. Conócete a ti mismo antes de iniciar una relación.

–Es lo que estoy haciendo. Sé que no te entusiasmaba precisamente que viniera a vivir aquí, pero es aquí donde quiero estar. Quiero conocer mi historia –tragó saliva–. Creo que quiero averiguar...

–Está bien. Tienes todo el derecho a saberlo.

Roman miró a su padre y, a pesar de que siempre se habían sentido cercanos, nunca lo habían estado tanto como en aquel momento.

–¿Qué cambiará para ti cuando lo sepa? –preguntó Roman.

–Nada. He reflexionado, me ha dolido, pero sigo en pie.

–Entonces, lo has solucionado.

Así era, pensó Demyan.

Aunque un poco tarde.

Roman se puso a leer los mensajes del móvil y Demyan lo imitó. Había algunos de su «amigo» *online*: el padre de Alina. Demyan nunca le había contestado, pero él no había dejado de insistir.

Mira cómo se eleva tu hija, canalla.

Lo escribió y lo borró. Ya llegaría el momento, estaba seguro.

Él no era como su madre enferma; él podía cambiar. Y tampoco era el padre de Alina: lucharía para que ella siguiera en su vida.

Para que formara parte de ella.

Capítulo 16

DEMYAN se sentó en el restaurante y observó a Alina mientras tomaba la comanda de una mesa grande y ruidosa. Se le habían ensanchado las caderas, sus nalgas seguían siendo fantásticas y los senos... Respiró hondo y decidió que era más seguro no mirárselos.

Estaba muy pálida y tenía ojeras. Estaba embarazada o tenía el peor periodo de su vida.

Demyan esperaba que fuera lo primero.

Y no solo porque deseaba que estuviera embarazada, sino porque era tímida y, como pensaba llevársela a la cama muy pronto, no quería que se sintiera incómoda por tener la regla.

Todos los días se esforzaría en que fuera menos tímida y en curar el corazón que tanto había herido.

Ella se volvió y lo vio.

No se puso más pálida ni se le cayó nada al suelo. Se le llenaron los ojos de lágrimas y negó con la cabeza.

–Ve a la mesa cuatro –le ordenó Pierre.

–¿No puede servirle Glynn?

–Ha pedido que seas tú.

Y lo que Demyan Zukov pedía, lo obtenía.

Pero en esa ocasión no iba a ser así.

El corazón de Alina no lo soportaría. Unas semanas antes hubiera corrido hacia él. Pero en aquel momento había otro corazón latiendo en su interior, y su hijo nunca sería un peón en el juego de Demyan.

–Tienes muy buen aspecto –dijo Demyan cuando ella se acercó a la mesa.

Alina se dijo que no se lo contaría, que no debía saberlo.

–He estado comiendo muchos perritos calientes.

Tenía que decirle que ya se había olvidado de él. Tenía que expulsarlo de su vida.

–Este lunes me he puesto a dieta.

–Lástima.

–¿Qué vas a comer?

–Quiero un cóctel. Elígelo tú.

–Llamaré al sumiller.

–He estado en tu piso.

–Ya no vivo allí –apuntó ella mientras él consultaba el menú.

–¿Cuál es el plato del día?

–Demyan, no me hagas esto, por favor.

–Tengo hambre.

Ella le dijo cuál era el plato del día.

–No has respondido a mis llamadas.

–Y no voy a hacerlo. Se acabó.

–Te refieres a que hemos terminado, lo que implica que yo también tengo derecho a dar mi opinión.

–No trates de corregirme el inglés. Se acabó, con independencia de lo que tú quieras.

–Vuelve a decirme el plato del día y los especiales del chef.

–Por supuesto –Alina respiró hondo–. Un ruso confuso con guarnición de exesposa desnuda.

–Te olvidas del adolescente.

–Roman nunca ha sido un problema –Alina no podía soportarlo más. ¿Por qué no captaba el mensaje y se iba?

–Tomaré el suflé.

–No –dijo ella, porque tardaría mucho en hacerse–. Vete, Demyan.

–No.

Ella sabía que se quedaría hasta que acabara su turno.

–Muy bien –tomó nota de la comanda y añadió el cóctel que le pareció oportuno.

Estaba dispuesta a perder el empleo antes que volver a rendirse a él.

Entregó la comanda y, sin decir nada a nadie, se quitó el delantal y dijo a Glynn el cóctel que querían en la mesa cuatro.

Después, salió a la calle por la cocina.

Y corrió.

Demyan esperó.

Glynn le llevó el cóctel.

Demyan oyó que Pierre se quejaba de lo mucho que tardaba Alina y vio que Glynn salía de la cocina negando con la cabeza. Y supo que ella se había ido.

–¿Dónde está Alina? –preguntó a Pierre.

–Alina... –Pierre vaciló–. Glynn te atenderá. ¿Quieres algo mientras...?

Demyan no esperó a que Pierre acabara de hablar. Atravesó a zancadas la cocina sin hacer caso de las protestas de los empleados.

Después, se dirigió a los servicios.

La había perdido. Sintió pánico porque ya no sabía dónde vivía.

Salió corriendo a la calle, aterrorizado ante la posibilidad de haberla perdido y maldiciéndose por no haberle dicho la verdad. Seguro que la había perdido. Pero, de pronto, la vio corriendo, huyendo de él.

—¡Alina!

Ella corrió más deprisa.

—¡Alina!

Él la estaba dando alcance, la ventaja que le llevaba disminuía con cada una de sus largas zancadas. La alcanzó y la agarró del brazo.

—Escúchame —le dijo.

—No.

La giró hacia él.

—Vas a escucharme.

—No —se tapó los oídos con las manos, como hacía cuando era niña. No quería oír sus palabras porque sabía lo peligrosas que eran, la facilidad con la que la convencerían de que ella era la única para él—. No quiero escucharte.

—Vas a hacerlo.

—De ningún modo —ella siguió hablando, repitiendo una y otra vez que no iba a escucharlo, hasta que él le tapó la boca.

Alina le mordió la mano con fuerza.

—¡Ay! —exclamó él, perplejo, y la apartó.

Ella lo miró con los ojos como platos, incapaz de creer lo que acababa de hacer. Esperaba que le diera una bofetada, que la insultara, que demostrara su verdadera forma de ser, todavía sin entender que hacía tiempo que él se la había demostrado.

—Eres una niña mala —afirmó él sacudiendo la mano. Le había clavado los dientes a fondo—. Muy mala.

Comenzó a reírse mientras ella lo miraba incrédula por su reacción y por haberlo mordido. Y se echó a reír y a llorar al mismo tiempo mientras él la atraía hacia sí y la abrazaba, como ella estaba deseando.

Demyan le recorrió el cuerpo con las manos. Ella las sintió en los brazos, la cintura y las nalgas, una y otra vez, como si llevara siglos echando de menos su cuerpo. Quiso decirle que parara, que le quitara sus sucias manos de encima, manchadas de Nadia, pero decidió esperar un segundo más...

Solo uno.

Él la besó en las mejillas y en los ojos, y los labios se le mojaron con sus lágrimas.

—¿Aquí o en la cama? —preguntó él.

—No quiero oírte —no había nada que él pudiera decirle ni ofrecerle. Ser una amante ocasional, incluso habitual.

No podía serlo, aunque en aquel momento lo deseara.

—¿Aquí o en la cama? —insistió él.

Ella no pudo negar que deseaba oír sus palabras. Deseó que la ira volviera a apoderarse de ella, volver a ser una persona sensata.

—¿No te entiende tu exesposa, Demyan?

—Tú me entiendes, o lo harás algún día, pero, de momento, me comprendes mejor que nadie.

La besó levemente en los labios. Ella trató de no dejarse llevar, para lo cual le puso las manos en el pecho y lo empujó, ya que sus labios se negaban a obedecer las órdenes que le llegaban del cerebro.

—¿Vais a seguir juntos por el bien de los niños? —se burló ella.

—Del niño —corrigió Demyan—. En realidad, ya es un joven. Respondiendo a tu pregunta, nunca seguiría con nadie por el bien de los niños —como sabía que estaba embarazada, quiso dejarle las cosas claras—. Lo intenté una vez, pero no volveré a cometer el mismo error.

—Entonces, ¿por qué? —gritó ella sollozando.

Los viandantes se volvieron a mirarla, pero a ella había dejado de importarle ya lo que pensaran los demás. Su dolor era irrefrenable.

—¿Cómo has podido irte con ella? ¿Cómo no has venido a buscarme?

—Porque este ruso confuso tenía que resolver muchos problemas antes de hacerlo. Muchos —repitió—. Te prometo que no me he acostado con Nadia, ni siquiera la he besado. Me deja frío. Me dejó frío la primera vez que nos acostamos —agarró la mano de Alina y se la llevó a la bragueta—. Nadia... —dijo y le sonrió—. Nadia... Si esperas un momento y sigo repitiendo su nombre, disminuirá de tamaño.

—Basta —le suplicó ella—. Basta de juegos y de mentiras.

—Esto no es un juego, y nunca miento. ¿Aquí o en la cama? —volvió a preguntarle, y ella supo que era la última vez.

—En la cama.

—¿Recuerdas el número? —le preguntó Demyan al llegar a la puerta del ático.

—¡No lo has cambiado!

—No he cambiado nada.

No le había dicho que la amaba, pero, al entrar en el piso, Alina supo que era así. Si en el futuro llegaba a dudarlo, si olvidaba cuánto la amaba, solo tendría que recordar aquel momento.

Miró a su alrededor y se dio cuenta de que su huella estaba en todas partes.

Su copa de vino seguía en la mesa. No se había tocado nada.

Nunca había sido más agradable volver a casa y encontrársela desordenada.

Subió a la planta de arriba y halló la goma con que se sujetaba el pelo sobre la almohada de la cama deshecha, tal como la había dejado.

–¿Dónde has dormido desde que has vuelto?

–En el hotel. No soportaba estar aquí sin ti.

Ella sintió su ternura. No era la primera vez, pero sí la primera que ninguno de los dos fingía que su amor no existía.

Él exploró con la boca los cambios de su cuerpo: la aréola de los pezones y, más abajo, sus labios íntimos e hinchados que soltaban un néctar destinado a él.

Ella se probó a sí misma en sus labios mientras él se derramaba en su interior.

Aún no le había dicho que estaba embarazada.

Tumbado en la cama, Demyan se preguntó si se lo hubiera dicho de no haberla ido a buscar.

Había llegado la hora de hacer preguntas.

–¿Pensaste en volver con ella?

Demyan no mintió esa vez.

–Sí, lo pensé en el caso de que fuera la única forma de seguir con mi hijo. Pero, cuanto más lo pensaba, más seguro estaba de no desear casarme de nuevo por el bien de Roman. Era absurdo. Después me puse a pensar en otras cosas –sonrió.

–¿Como cuáles?

–Robarte la virginidad.

–¿Qué hacías en Rusia?

–Resolver cosas.

–¿Con Roman?

Demyan no contestó.

–¿Con Nadia?

–Algunas.

Demyan la oyó respirar hondo y le dijo algo que no podía contarle a Mikael y que tal vez ella no entendiera.

–Nunca he querido a Nadia. Siempre he pensado que había entregado lo mejor de mí en mi matrimonio y que no duró porque no ganaba lo suficiente. Pero la verdad es que mi tía estaba enferma cuando me casé con Nadia y yo estaba más encerrado en mí mismo que nunca. Le debía una disculpa a Nadia. El fracaso de nuestro matrimonio no fue solo culpa suya. De todos modos, me fui a Rusia para resolver problemas sobre mí mismo.

Le habló de su madre, de que por fin la había enterrado en tierra consagrada. Alina rompió a llorar al darse cuenta de que le había colgado el teléfono en uno de los días más tristes de su vida.

–Fue un buen día –la contradijo él–. Un día necesario para librarme de mis fantasmas. Después, hablé con Roman.

–¿Se lo contaste?

–No hizo falta. Lo sabía. No tiene claro si quiere hacerse la prueba de ADN –sonrió–. ¿Más preguntas?

–¿Volverás a quedar con Nadia?

–Como Nadia no me importa, puedo tomar algo con ella el día del cumpleaños de Roman. Lo único que quiero hacer es lo que sea mejor para él.

Le había llegado el turno a él de preguntar.

–¿Qué has hecho todo este tiempo?

–Pintar. He pintado mucho. Tengo un puesto en el mercado.

Demyan se puso pálido.

–No necesitas estar en el mercado.

–Claro que sí.

–Alina, no voy a dejar que lleves a nuestro hijo...

Fue entonces cuando desveló que lo sabía. Alina rompió a llorar.

–Creía que te enfadarías.

–¿Que me enfadaría? –la atrajo hacia sí–. ¿Pensabas decírmelo?

–Sí, cuando me hubiera olvidado de ti.

–¡Pues, para entonces, el niño tendría treinta años! Más bien noventa.

Su arrogancia surgía de lo seguro que estaba de la profundidad del amor de Alina.

Y tenía razón.

–Podemos encontrar algo mejor que el mercado.

–No –ella se retorció para desprenderse de sus brazos–. Ya estamos como siempre: sacas la chequera y me compras una profesión. No te imaginas cómo lo odio.

–Solo quiero ayudarte.

–No necesito que me ayudes. Y no me hace falta que finjas que la realeza se interesa por mis cuadros.

–¿Cómo?

–Sé que fuiste tú.

Los dos se echaron a reír.

–Podrías colgarlos en las paredes de un palacio.

–Quiero hacer las cosas a mi manera.

–¿Tardaste mucho en decidirte sobre lo de Dubai?

–¿También eso fue obra tuya?

–Por supuesto. Después de haber enterrado a mi madre, me llamó Elisabeth para decirme que habías rechazado la oferta. Entonces supe que estabas tratando de hacer realidad tu sueño. Ya te he dicho que fue un buen día –se puso a juguetear con su cabello–. ¿Te inquieta ser madrastra?

–Demyan... No tienes que casarte conmigo.

–Por supuesto que sí.

–¿Por el bebé?

–Ya te he dicho que yo no hago esas cosas.

–Sí, pero me lo dijiste cuando ya sabías que estaba embarazada –el miedo volvió a atenazarle la garganta.

–¿Por qué no tienes fe en nosotros? –preguntó él.

–La tengo, pero...

Demyan, en el momento menos adecuado, sacó el ordenador.

–Voy a enseñarte a mis amigos –le dijo mientras mostraba a Alina el perfil de su padre.

–No...

–No te conocía. En caso contrario, no se habría marchado. Yo te conozco, y nunca podré hacerlo –la miró–. ¿Estamos comprometidos?

–Sí.

Él comenzó a escribir: *Alina y yo tenemos el placer de anunciar...*

–Alina, ¿quieres ser mi esposa?

Ella no se inmutó.

–Aunque yo no suplico, esta vez, por ser tú, voy a hacerlo. ¿Quieres ser mi esposa, por favor?

–¿Tú qué crees?

–Que por supuesto que quieres. Solo tienes que aprender a decir «sí».

–Sí.

–¿Estás dispuesta a soltar amarras? –le preguntó Demyan mientras seguía escribiendo.

Alina y yo tenemos el placer de anunciaros nuestro matrimonio. Será una ceremonia pequeña e íntima, con nuestros familiares y amigos más cercanos. Queríamos que supierais la buena noticia.

–¿Lista para elevarte? –le preguntó Demyan mientras le entregaba el ordenador.

Era ella la que debía decidir enviar el correo electrónico.

Lo hizo.

Capítulo 17

ELLA lo pintó con los dedos.
Había sido una luna de miel desvergonzadamente larga. En la última parada, en una isla al norte de Queensland, contemplando la puesta de sol en su último día de viaje, Alina trataba de dar los toques finales a su obra, a su intento de captar en un lienzo al camaleónico Demyan.

El sol le quemaba los hombros. El bebé seguía creciendo dentro de ella.

Demyan observaba su concentración.

–No te muevas –dijo Alina–. No estoy acostumbrada a pintar personas.

–Me aburro –afirmó él al tiempo que miraba su tableta. Tengo una sorpresa para ti –le pasó la tableta.

Ella la miró durante unos segundos. En la pantalla aparecía la princesa que había visto el ático. Llevaba un vestido que Alina reconocería en todas partes; no el vestido, sino la tela. Era la que había pintado, y la lucía un miembro de la realeza.

–Demyan, te he dicho que no quiero que interfieras, que no deseo que me ayudes.

–Quedé muy mal con ellos al retirar nuestra casa de la venta. Para disculparme les envié una tela de la artista por la que la princesa había mostrado su admiración. ¿Crees que se ha hecho el vestido para complacerme?

–Es evidente que le encanta tu trabajo. Anoche recibí una carta suya, muy amable, en la que me sugería que viera el telediario.

–¿Y no se te ocurrió decírmelo? –preguntó ella mientras seguía mirando la pantalla y recordaba el amor que había sentido al pintar las amapolas en aquella tela–. Cuando la pinté, pensé que, si era niña, la llamaría Poppy.

–Ya sabes lo que puedes hacer con esa idea.

–Es un nombre precioso.

–Poppy Zukov es nombre de *stripper*.

Alina rio, pero después se puso seria.

–¿Podemos elegir ya los nombres o trae mala suerte?

–Podemos, aunque seguramente cambiaremos de opinión cuando nazca.

–¿Sigues queriendo que sea niña?

–Lo dije porque pensé que sería más fácil para Roman si los resultados de la prueba no eran los que esperábamos. Pero ya no tenemos ese problema.

La prueba había demostrado que Roman era su hijo.

–Me da igual lo que sea –le acarició el estómago–. Lo que quiero es que llegue. No tengo preferencias.

–Ya sabes lo que será, ¿verdad? –Demyan sonrió–. ¿Será niño?

–No.

–¿No lo sabes o no será niño? Entonces, ¿va a ser niña?

–Annika.

Demyan le dijo en ruso cuánto la amaba. Y en su hermosa boca se dibujó una sonrisa cuando, Alina, en vez de darle la respuesta habitual, «ya lo sé», le contestó con una verdad que nunca olvidaría:

–Como debe ser.

Bianca

**Si no quería perderlo todo,
tendría que acceder a convertirse en su esposa**

Savannah había regresado a Grecia con la intención de hacer las paces con la familia Kiriakis, pero Leiandros Kiriakis tenía otros planes. Él seguía creyendo todas aquellas mentiras sobre ella y estaba empeñado en hacerla pagar por el pasado.

Savannah no estaba muy convencida de compartir casa con Leiandros, le parecía demasiado peligroso, dada la tensión sexual que había entre ellos. Sin embargo, él estaba encantado de tenerla justo donde la quería… porque ahora podría darle un ultimátum.

La culpa de la traición

Lucy Monroe

Acepte 2 de nuestras mejores novelas de amor GRATIS

¡Y reciba un regalo sorpresa!

Oferta especial de tiempo limitado

Rellene el cupón y envíelo a
Harlequin Reader Service®
3010 Walden Ave.
P.O. Box 1867
Buffalo, N.Y. 14240-1867

¡Sí! Por favor, envíenme 2 novelas de amor de Harlequin (1 Bianca® y 1 Deseo®) gratis, más el regalo sorpresa. Luego remítanme 4 novelas nuevas todos los meses, las cuales recibiré mucho antes de que aparezcan en librerías, y factúrenme al bajo precio de $3,24 cada una, más $0,25 por envío e impuesto de ventas, si corresponde*. Este es el precio total, y es un ahorro de casi el 20% sobre el precio de portada. ¡Una oferta excelente! Entiendo que el hecho de aceptar estos libros y el regalo no me obliga en forma alguna a la compra de libros adicionales. Y también que puedo devolver cualquier envío y cancelar en cualquier momento. Aún si decido no comprar ningún otro libro de Harlequin, los 2 libros gratis y el regalo sorpresa son míos para siempre.

416 LBN DU7N

Nombre y apellido	(Por favor, letra de molde)	

Dirección	Apartamento No.	

Ciudad	Estado	Zona postal

Esta oferta se limita a un pedido por hogar y no está disponible para los subscriptores actuales de Deseo® y Bianca®.
*Los términos y precios quedan sujetos a cambios sin aviso previo.
Impuestos de ventas aplican en N.Y.

Deseo

A LAS ÓRDENES DE SU MAJESTAD

JENNIFER LEWIS

Cuando su jefe se convirtió en rey de un país lejano, Andi Blake lo siguió encantada. A pesar de su entrega, Jake Mondragon nunca se había fijado en ella, hasta que Andi perdió la memoria y olvidó que no debía arrojarse a sus brazos.

Sorprendido a la vez que encantado por el comportamiento de su secretaria, el rey aprovechó la amnesia para llevar a cabo un plan perfecto. La haría pasar por su prometida para alejar a las pretendientes y demás entrometidos. Pero cuando Andi recuperó la memoria, se encontró con un dilema: poner fin a la estrategia de Jake o esperar un final feliz de cuento de hadas.

De secretaria a provocadora...

¡YA EN TU PUNTO DE VENTA!

Había desenmascarado al enemigo…

Valentina D'Angeli estaba embarazada, y el padre era el hombre con el que había pasado una única noche de desenfreno tras un baile de máscaras. Sin embargo, no debería haber mirado debajo de aquel antifaz mientras él dormía. El desconocido con el que se había acostado había resultado ser Niccolo Gavretti, el mayor enemigo de su hermano.

Para Niccolo solo había una solución posible al problema en el que se encontraban: ella debía casarse con él, aunque no quisiera. Y, si tenía que llevársela a la cama para conseguirlo, sin duda disfrutaría mucho de ello.

Revelaciones en la noche

Lynn Raye Harris